古典新知

# 聊斋志异：书生的白日梦

韩田鹿 著

人民文学出版社

**图书在版编目（CIP）数据**

聊斋志异:书生的白日梦 / 韩田鹿著.—北京:人民文学出版社,2023
（古典新知）
ISBN 978-7-02-018197-1

Ⅰ.①聊… Ⅱ.①韩… Ⅲ.①《聊斋志异》—小说研究
Ⅳ.①I207.419

中国国家版本馆 CIP 数据核字（2023）第 153110 号

责任编辑　高宏洲
装帧设计　刘　远
责任印制　张　娜

出版发行　人民文学出版社
社　　址　北京市朝内大街 166 号
邮政编码　100705

印　　刷　三河市延风印装有限公司
经　　销　全国新华书店等

字　　数　166 千字
开　　本　880 毫米×1230 毫米　1/32
印　　张　9.25　插页 15
版　　次　2023 年 9 月北京第 1 版
印　　次　2023 年 9 月第 1 次印刷

书　　号　978-7-02-018197-1
定　　价　55.00 元

如有印装质量问题,请与本社图书销售中心调换。电话:010-65233595

# 目　录

## 幽冥的箫声

## 书生的白日梦

# 幽冥的箫声

# 男女有别

　　那些笔涉幽冥的爱情故事是《聊斋志异》的代表性作品。在聊斋先生天才的笔触之下，那原本有些怕人的花妖狐魅竟具有了人间的深情，阴森的地府竟然成了一片温柔之乡。但是，很少有人注意到，聊斋先生打开的这一片想象天地，是只为男性而设的。它凝聚着男性的欲望与梦想，同时也充分体现了男性作为强势性别的自私。

　　一个最简单的事实是，在《聊斋志异》正面歌颂的那些超越人鬼界限的爱情故事中，男方无一例外地是人，属于异类身份的，一定是女方。如《小翠》中，男方是王太常的儿子王元丰，女方则是为了报答王太常当年救母之恩的狐女小翠；《绿衣女》中，男方是书生于璟，女方则是蜂妖绿衣女；《聂小倩》中，男方是书生宁采臣，女方则是女鬼聂小倩；《婴宁》中，男方是书生王子服，女方是狐女婴宁……

　　这些与人间书生交好的女子大抵是非常可爱的。婴宁、小翠、红玉这些有益无害的狐鬼就不必说了，即使是那些不顾男子死活一味纠缠的女子，给人的感觉也常常只是爱得有些自私罢了。比如《荷花三娘子》中的狐女与宗生交好，结果使得宗生身体日益病弱。宗生爱美色，但更爱性命，一旦知道对方为狐狸，便求她离去。狐女不为所动，所以宗家只好请了一个厉害的和尚来驱狐：

> 夜深，女始至，探袖中金橘，方将就榻问讯，忽坛口飀飀一声，女已吸入。家人暴起，覆口贴符，方将就煮，宗见金橘散满地上，追念情好，怆然感动，遽命释之。

这真是令人感动不已的细节。散落一地的金橘，正是狐女对于心上人爱意的明证，所以，狐女固然为害，但仍让人同情。纯粹害人的女妖也有，比如《画皮》《黎氏》中的女怪，但数量不是太多，而即使在这些故事中，她们好像也因为作者所寄寓的"戒荒淫"的劝诫而不必为男子的死亡负全部的责任。

反观那些与人间女子交媾的男鬼，则没有一个令人产生哪怕是些微同情的角色。这些鬼怪对他们所纠缠的人间的女子，除了动物性的交配以外，没有任何感情的交流；人间女子在这种交合中，除了感受到身体的痛苦和精神上的折磨，没有任何快乐。如《泥书生》中，描写泥书生来到陈代家，欲与陈妻交合，陈妻又是吃惊，又是害怕，苦苦相拒，但在妖法的作用下，浑身酸软无力，只有听任妖怪的轻薄。过了一个多月，陈妻就被折磨得形容枯槁，精神憔悴。《五通》中，"五通"之一的马怪看上了赵弘的妻子阎氏，于是不由分说，"抱腰如举婴儿，置床上，遂狎之"。从此以后，每三五天便来一趟，而每次与阎氏交合，都使得阎氏"血液流离，昏不知人"，大有生不如死之感。

与这种令人厌恶的行径相应的，是他们的都不十分美妙的结果：《泥书生》中，妖怪泥书生爱上了农夫陈代的妻子，其最后结局是被陈代一棍子打到了腰上，狼狈逃窜；《狐入瓶》中，一个狐狸精常常骚扰村妇石氏，结果是被石氏趁便装进瓶子，放在开水锅里煮得只剩下"毛一堆，血数点而已"；《贾儿》中，那个作祟于"某贾人妇"的狐狸精最后死于一杯毒酒；《五通》中，作祟于人间的"五通"虽然侥幸活命，却失去了在人间造恶的男根。

或曰，此皆作祟者也，其方式粗俗野蛮，其结果是给女人造成了巨大的伤害，其被诛被骗，理固宜然。若能换一种温雅的方式，顾惜女性的感受，则结果或可不然。答曰否也。谓予不信，请看《胡氏》。

胡氏是一个狐狸幻化的书生，应直隶某世族的邀请来当教书先生。其为狐也，谈吐风雅，博学多识。他爱上了主人待字闺中的女儿，于是请人前来提亲。主人坚决反对。人狐之间展开了一场有趣的战争，主人不堪其扰，于是设宴款待胡生，以为和解。最后双方达成谅解：主人的女儿可以不嫁给胡生，但主人的儿子却要娶胡生的妹妹做妻子。

主人为什么不答应胡生的请求呢？是胡生的相貌不好吗？肯定不是。胡生的妹妹"温丽异常"，考虑到他们拥有共同的遗传基因，胡生的相貌也肯定不差。或者笔者这一番解释本来就纯属多余，狐狸是会变的，变得貌比潘安，又有何难哉？是胡生没有才华，谈吐粗鄙吗？不是。书中一再强调，胡生"词语开爽"，谈吐风雅，是一个难得的好先生。是胡生的家境贫穷，主人觉得与自己的家世不相匹配吗？也不是，因为书中一再强调，胡家也是巨族，而且也非常富有。我们听一听主人自己的理由吧。主人在与胡生和解的宴会上这样解释说："先生达人，当相见谅，以我情好，宁不乐附婚姻？但先生车马宫室，多不与人同，弱女相从，即先生当知其不可。且谚云'瓜果之生摘者，不适于口'，先生何取焉！"

据《聊斋志异》说，胡生听了主人的话，深以为然。但这话骗得了狐狸，却骗不过明眼的现代读者。说到生活环境的问题，《聊斋志异》中生活在狐狸家的书生比比皆是，如《娇娜》中的孔生，也没有听说他觉得有什么不舒服。要说是主人忧虑跨种婚姻（仿照"跨国婚姻"一词而来）可能给自己的亲人带来损害，似乎也没有什么道理，因为主人随后就说："我有一个十五岁的儿子，如果你不嫌弃的话，可以给你们家当女婿。"

女儿不能嫁一个狐狸做丈夫，儿子却可以娶一个狐狸做妻子。这种看起来有点滑稽的笔墨，最明白不过地说明了聊斋先生在对待跨种婚姻问题上所持有的双重标准。套用福柯的话，性首先是一种权力。在人类社会中，男子与女子在性的权力上是绝对不平等的。对于男子来说，他们占有的性资源是非常丰富的，有着比较宽泛的选择范围；女子就不同了，她们的选择范围就相应狭窄得多。具体到《聊斋志异》，就是男子既可以娶人间的女子为妻，也可以与非人间的女子交好；而女人，就只能嫁给人间的男子。《聊斋志异》再突出不过地说明，这一规则，不但在现实中如此，即使在想象的世界中，也依然发生着重要的影响。

与此相应的，凡是对人间女子发生"性趣"的雄性异类，形象都非常不堪。他们的行迹，特别是其性活动，都被作者做了恐怖化的处理。他们是与人情格格不入的异物，没有任何人性可言。

以聊斋丰富的想象，构思出这样一个故事大概是不难的：在一个寂寞的夜晚，一个美丽的少女正在支颐遐想。正在这时，一个温柔的书生出现在她的闺房。他让她不必害怕，因为他不会对她造成任何伤害。为了让她高兴，他为她采来蓝田的美玉；当她觉得闺中生活有些单调的时候，他带她到三山五岳游玩。原来他是个狐狸精。他告诉她，两年前一次偶然的见面，他就无可救药地陷入了对她的相思之中。为了她，他主动放弃了成仙的机会，甚至愿意为此承担上天可能降下的惩罚。这个故事听起来有点怪怪的。但是，为什么不可以呢？既然书生能爱上狐女，为什么少女就不能爱上狐男（这个词听起来也有点别扭）呢？既然人间书生可以从狐鬼幻化来的少女那里得到幸福与快乐，为什么人间少女就不能从狐鬼幻化来的男子那里得到她梦想的一切呢？

福柯《性史》上的一段话有助于对此现象的理解：

任何男人，不管他是什么人，结婚与否，必须尊重一个已婚妇女（或在父母保护下的女孩）。这是因为，她置身于他人的权威之下……他对她们的冒犯更大程度上是与具有驾驭妇女权力的男人作对。正因为如此，如果一个雅典人为淫欲所驱使犯了强奸罪，他所受到的惩罚将不会像他花言巧语去诱奸一个妇女所受到的惩罚那样严厉。吕西亚斯在《论伊拉托西尼斯的谋杀》中阐述了其中的理由：诱奸者"腐化了他们受害者的灵魂，使别人的妻子对她们的亲近胜过对自己的丈夫，从而把别人的家整个捏在自己的手心，并造成孩子究竟为谁所生的疑团"。强奸者只是玷污了妇女的肉体，而诱奸者则侵犯了丈夫的权威。

福柯这话只是针对人间现象而言的，但在这里，不妨做一个小小的延伸。对比《聊斋志异》与笔者所设计的故事，我们可以发现一个根本的不同点：在《聊斋志异》中作为异物的男性，对人间女子实施的都是强奸，人间女子在这种交媾中，除了痛苦与羞辱之外，没有任何的快乐可言；而在笔者所设计的故事中，人间女子所感受到的，则是身心双重的满足与幸福。前者足以使女子对异物的雄性产生发自内心的厌恶与恐惧，而后者则有引发女子"邪念"的可能——一旦如此，人间男子的集体权威便受到了严重的伤害。

回到文章开头的话，说到底，《聊斋志异》是男权社会的产物。在男性作为强势性别的社会，女人属于男人，而男人则只属于他自己。男人的性幻想可以不受限制地在人间与幽冥自由翱翔，只要小心别危及其他男子的权威就可以了（事实上，《聊斋志异》中正面肯定的男子，没有一个爱上有夫之妇的）；而女子，不但在现实生活中被要求绝对的贞洁，连在想象中自慰的权利也被剥夺了。

# 狐鬼与青楼

作为一个特殊的职业群体，妓女所承受的骂名居于三百六十行之首。女人咒骂她们，因为她们可能引诱自己的丈夫，使男人们不忠于家庭；有些男人咒骂她们，因为他们唯恐自己的妻妾学了她们的榜样。但与此同时，文学作品中对于她们的欣赏与赞美却也没有停止过。咒骂没有被永恒保存的价值，逐渐消歇，但对于她们进行赞美的文学作品却被保留了下来。

这种似乎矛盾的情况离不开漫长的古代女人们事实上的幽禁地位。对于一般的女人来说，由于她们所担负的主要任务是为家族繁衍后代以及为男人们相夫教子，操持家务，所以她们自幼所接受的教育也就没有取悦男人这一课。女人们被要求贞洁，因为她们的贞洁对男人们大有好处。但在另一方面，冒险与寻求刺激几乎是男人的天性，既然无法在妻子那里得到满足，他们就势必会寻找另外的渠道。正像贞洁的妻子给了男人稳定婚姻的幸福感，妓女们以自己职业所必备的风流和多才多艺，给了男人们以合法的渠道去弥补婚前浪漫以及婚后刺激缺乏的机会。

蒲松龄没有放弃这样的机会。从已有的材料看，他与青楼女子有过接触是没有任何问题的。蒲松龄的早年，曾经有过一段为孙树百担任幕僚的经历。在这一段时间中，他和孙树百青楼出身的姬妾顾青霞的关系非常特殊。他亲昵地把她称作"可儿"，为她编选了百首唐人绝句以为香奁之诗，并让她读给自己听。他为她写了很多诗，有些诗歌非常暧昧，比如说她"莲瓣重台轻可听，行云也似按宫商"——须知在明清两代，妇女三寸金莲的私密性几乎不低于生殖器官；而"行云"，即使不是实指，也是在开极其露骨的玩笑。除了顾青霞，他还有与其他青楼女子的交往。他有为数不少的《赠妓诗》，从"一枕香风散口脂，殷勤为劝玉郎知""元自红楼无爱断，恼人何必是鸡声""晓窗把手泪沾巾，为说桃源傍水滨"等诗句来看，他与这些妓女的关系就恐怕不只是"色授魂与"，而是"颠倒衣裳"了。所有这些，都为蒲松龄写作有关青楼的文字提供了现实的生活基础。是这些青楼女子，给了蒲松龄孤独的幕僚经历与坐馆生涯些许浪漫的色彩，点缀了他清贫而乏味的生活。

可是《聊斋志异》中直接写到青楼女子的篇章很少。作者明确点到出身于青楼的女子只有《晚霞》中的晚霞，《嘉平公子》中的温姬，《狐妓》中的鸦头，《瑞云》中的瑞云，《细侯》中的细侯等不多的数人，而如果说到彻头彻尾生活在人间的青楼女子，则只有瑞云与细侯。而即使是《瑞云》，也还是没有完全脱去神异的色彩。如果没有那位来历不明的年轻书生对瑞云的姿才绝世而流落不偶感到可惜，用法术遮掩了她的美丽，使她丑陋如鬼，以贺生的贫穷，是没有机会娶到瑞云的。当然，如果那位书生永远不再出现，贺生倒是表白了自己的忠诚，但瑞云就会一生感到愧对贺生的真情。是书生的法术，使得他们最终各得其所，两全其美，吃亏的只是妓院的老鸨和龟公。蒲松龄为什么不写成瑞云重病，贺生昼夜服侍，终于使自己的情人重获往日的美丽呢？或者，让这种真情更坚实一些，让贺生一直等待，直到瑞云人老珠黄不值钱，然后再把她娶回自己的家中，像珍宝一样看待？唯一的解释就是，蒲松龄不喜欢这种质实的笔墨。正像他自己说的"避实击虚，方是文章高手"，他更愿意把作品写得虚无缥缈。

于是，在《聊斋志异》中，就出现了一大批明显带有青楼特色的狐鬼。说得更绝对一些，《聊斋志异》中的狐鬼，和情爱类题材有关的作品，大部分都和青楼有一定的关系。

这并不是蒲松龄的创举。自唐代起，就有把妓院（主要是高级妓院）比作仙窟，把妓女比作神仙、比作妖狐的传统。比如张文成的《游仙窟》，实际上写的就是一次高级妓院的经历；沈既济《任氏传》，也是士子与青楼女子间经历的曲写。之所以会如此，大抵有两个原因。一是艺术的需要。艺术讲究一种空灵美妙的韵味，而妓女与嫖客的关系，总有肉欲色彩过重、金钱味道太浓的嫌疑。把青楼女子处理成非人间的身份，就与社会现实太多的市井气拉开了距离，产生了一种亦真亦幻的间离效果。第二，也许是最重要的，还在于狐鬼与青楼女子之间有一种天然的文化同构关系。在现实生活中，中国一向讲究所谓"万恶淫为首"，讲究"我不淫人妇，人不淫我妻"，把和妻子以外的女人发生关系看作一件极大的恶行。但只有一种情况例外，那就是和妓女发生关系。在这个问题上，妓女和那些狐鬼妖仙一样，是游离于一般社会道德规范之外的。还有，由于做妓女被认为是有辱家门的事情，所以一般的妓女对自己的家世都讳莫如深，而不像普通妇女那样根脚分明，这同样使她们在一般人的心里有一种神秘感。在这一点上，她们与那些狐鬼妖仙同样有很大的相似之处。但"仙"这个意象最终和妓女分开了。其中的原因大半是因为在一般人的眼中"仙"是高于人的，用其来比附社会地位非常低下的妓女不符合人们的心理以及文化习惯。

张文成、沈既济只是模糊地对这些有所感知，但蒲松龄则已经凭着易感的心灵，凭着亲身经历，凭着他深厚的文化素养，敏锐地把握了这一点，并把它成功地运用到了自己的艺术创作当中。他笔下的很多狐鬼女子，都一定程度地分享了青楼女子（主要是高级青楼女子）的特性。

比如说她们的热情主动。在《聊斋志异》中，很多爱情故事都是由女子开启其端的。而热情乃是青楼女子的首要职业要求。

比如她们对读书人的情有独钟。这也和现实中妓女与士人的关系相似。读书人大多举止谈吐文雅，比那些"恶客"受人欢迎。再则，一个妓女，特别是高级妓女，她们的名声身价几乎完全决定于士子的品评题鉴，衣食相关，她们自然会对读书人高看一眼。

比如她们的多才多艺。《聊斋志异》中的大部分狐鬼都能作诗，更有一些能歌善舞。在"女子无才便是德"的古代，这基本是青楼女子的特权。

比如大多数狐鬼在书生知道了自己的出身后都有一点惭愧，对于书生的不嫌弃自己的出身都有一种感激。这不正是青楼女子在情人面前因出身而带来的自卑感的真实流露吗？

甚至她们的缺点，也与青楼有一定的关联。比如大部分的鬼狐与男子交合都会给男人的身体带来损害，这也与人们对于青楼女子的看法相仿。中国的许多笔记小说都谈到某些妓女有所谓"阴毒"——从今天医学的角度来解释，就是许多妓女由于工作的关系而感染了特殊的职业病。

所有这些，都说明了蒲松龄的狐鬼与书生之间的故事，与中国有着悠久传统的青楼文学存在密切的关联。

不过,《聊斋志异》之所以为人称道,主要还在于作者所作出的富有才华的贡献。不管是《游仙窟》,还是《任氏传》,说仙说狐,都不过是狭斜之游的简单遁词,只有到了蒲松龄这里,狐鬼的意象才真正和青楼凝结在一起。

蒲松龄创作的带有青楼色彩的狐鬼故事,有着鲜明的感伤特征。尽管有天真的欢笑,有两情相悦的美好,但这一切的背后,总有一种难以掩去的悲伤。这里当然有对于失去青春和生命力的悲伤和叹惋。再没有什么东西比少女的面庞更能让人感受到青春的灼人气息与生命的美好了,再没有什么事情比看到这人间花朵的凋谢更让人伤感的了。美好的东西常常让人不知不觉地心痛,因为它们呼唤起的常常是好花不长开的无奈。这里也有蒲松龄生活的鲜明印记。蒲松龄不是一掷千金的豪客,无力追欢买笑,狎妓饮酒只能是偶一为之。在平时更多的时间中,他只能靠回忆和写作排遣孤独。在漫长的寂寞中回忆这不多见的几许浪漫,遂使这浪漫也沾染了几许寂寞的韵味。但更重要的原因还在于中国文化在历史上所赋予青楼的重大意义。已经有许多人指出,臣子与君王之间、妓女与嫖客之间,有着一种深刻的文化同构。在君主面前,臣子没有丝毫的权力,他只能等待君主的垂青而没有选择的自由。同样,在嫖客面前,妓女也说不到有任何尊严，纵然她如花似玉，纵然她费尽心机，也不过给自己增加一点被选择的条件罢了。当中国的士人发现了这种同样的不平等关系的时候，他们就和这些看起来与他们的地位相差十万八千里的风尘女子们"同是天涯沦落人，相逢何必曾相识"起来了。对这些青楼女子的同情实际上就是对自己命运的同情，对她们的怜惜实际上就是自己的顾影自怜。文化是水，人是在这水里游动的鱼。特定文化背景中的人往往感受不到这种文化的存在，就像水中的鱼感受不到水的存在。在不知不觉当中，他的行动与思想就被这种文化所同化，而他的行动与思想又反过来使得这种文化更加浓厚，向着它早已被规定的品格日益发展，乃至日趋极端。中国士子与青楼文化之间的关系也可以作如是观。所以，在明清时期，中国的青楼文化竟然呈现出了一种与它的初衷相距甚远的奇怪面貌。比如，娼妓制度是为了满足男人们搜奇猎艳的心理，"两条玉臂千人枕，一点朱唇万客尝"乃是青楼女子的本色，但是，由于士子们精神投射的作用，忠贞却成了青楼女子被称赞的重要的品格。又比如，妓院本来是人们寻欢作乐的地方，但由于当时弥漫在文人中的感伤主义思潮的深刻影响，这段时间受到人们称赏的妓女几乎都有着末世贵族式的感伤气质，她们的体质一般都呈现出一种病态的纤细，弱不禁风。

　　说到底，人是特定文化背景中的人，由人的活动组成的社会现象深受特定文化背景的影响。这就使得每一种现象除了是这种现象本身，总还是点别的什么。

# 洞府的美婢

　　有当代才子之目的李书磊在其《重读古典》中曾经发出感慨，为什么张生就不能爱上红娘。推广一下，也可以说，在中国为数众多的爱情故事中，为什么书生们总是对病恹恹的佳人们情有独钟，而对于健康、俏丽、机敏的丫鬟们则总是视而不见。李书磊的结论是，因为丫鬟不适合做婚姻的对象。由此又得到了进一步的推论：西方叙事文学中的爱情更多的是一种情感的自足燃烧，而中国叙事文学中的爱情则绝对附属于婚姻，是实用爱情，其目的无非为了"终成眷属"。

　　其实，这种书生只爱小姐的模式，基本上只是才子佳人小说的套数。而究其原因，也很可以用《红楼梦》第一回中石头的一句话来概括："不过作者要写出自己的那两首情诗艳赋来"。丫鬟一般不识字，这几句情诗艳赋也就无法写出来；公子呢，由于丫鬟不识字，情诗艳赋没有读者，自然也就不必写。这样一来，作者希望炫耀的才华又如何显露呢？

仙人岛

聊斋志异：
书生的白日梦

而在作者不是为了写出"自己的那两首情诗艳赋"的作品里，书生爱上丫鬟的故事就比比皆是了。

比如《聊斋志异》。在《聊斋志异》中，书生爱上洞府中的美婢就几乎成了规律。

《爱奴》中的徐生就是这样一位爱上了丫鬟的书生。徐生的身份是私塾教师（这也是《聊斋志异》中的规律之一），被一施姓大户（实则为鬼）请去教授子弟。在欢迎徐生的宴席上，一位"年十五六以来，风致韵绝"的丫鬟在一边服侍。徐生几乎立刻就爱上了她。此后，徐生的日常起居就由这位丫鬟来照料。一来二去，他们便由陌生而熟悉，由熟悉而狎昵，并演绎了一部凄婉哀绝的爱情故事。

《仙人岛》中的明珰，也是一位非常可爱的丫鬟。当初王冕乘坐石头飞越大海时不慎入水，正是"年可十六七，颜色艳丽"的明珰驾船把他捞了起来。这位明珰颇有幽默感，一边捞，一边说："吉利吉利，秀才'中湿'（'中式'的谐音）矣！"这"美人救英雄"的一幕给王冕留下了深刻的记忆。后来他毫不迟疑地答应主人的婚请，其原因也是以为主人要许配给他的是明珰；及至知道误会，无法毁约，也还是不忘自己对明珰的许诺，并一再地请求夫人芳云允许他和明珰的结合。我们只消明白王冕在岛上只是一个寄人篱下的倒插门女婿，衣食供给皆仰仗于芳云一家，就可以知道王冕这样做其实也是需要巨大勇气的。在整个故事中，那个身份高贵、才高八斗、伶牙俐齿的夫人芳云给王冕感受更多的不是爱情而是某种自愧不如的自卑，让王冕从内心深处感到温暖与亲切的，其实一直是明珰。

其他还有《娇娜》中孔生与"红妆艳绝"的香奴，《白于玉》中吴青庵与紫衣妖鬟，《天宫》中郭生与那个不知名的丫鬟，《织成》中柳生与"翠袜紫履""年十五六以来，媚曼风流，更无伦比"的侍儿……当然，在一些故事中，书生没有和丫鬟们真的结合，但有过强烈的爱欲与结合的渴望，却是作者明确告诉我们的。

如果这种书生与丫鬟的爱情故事只有一两次，我们还可以说这只是作者偶然的兴之所至，但如此一而再，再而三地出现，就一定有什么比偶然的兴致更深刻的原因了。

郁达夫在其《五六年来创作与生活的回顾》中谈及自己"对于创作的态度"时，说过一句影响深远的名言："我觉得'文学作品，都是作家的自叙传'这句话，是千真万确的。"《聊斋志异》中的这类故事也不例外。

蒲松龄一生的线索非常清晰。他十九岁考上秀才以后，在功名方面一直没有任何进展，但子女却是前脚跟后脚地来到这个世界上：光儿子他就有四个，女儿由于不上家谱，数目难以统计。以秀才微薄的年俸，加上分家时得到的二十亩薄田的出产，养活这一大家子是不可能的。

怎么办？

　　蒲松龄的父亲在年轻的时候，也曾面临着同样的处境，他的选择是弃儒经商，从而摆脱了经济上的窘境。蒲松龄不愿意走这条路。原因很简单，蒲父当初只是童生，放弃举业并不是特别可惜。蒲松龄毕竟是以县府道三个第一考上的秀才。在当时来说，这是一种并非可以等闲视之的社会身份，它表明蒲松龄至少已经属于"士"的阶层，而不是平头百姓了。

　　他也不愿务农。一来他的体质本来就不是很好；二来二十亩薄田，就算努力耕种，又能种出什么？

　　在旧时代，秀才乃是地方一霸，这只消看一看《儒林外史》中众秀才殴打景兰江的一幕就可以知道。因为他们实际上掌握着一个地方的舆论导向，功名在身，又有着未来飞黄腾达的可能，所以地方官也就不敢轻易得罪。正是靠着这种特权，许多秀才便时常出入公门，包揽词讼，压榨平头百姓，从中得利。这条生财之路，显然不是为蒲松龄这样的良善之辈准备的。

　　蒲松龄也当过一阵师爷。从很可能出自他的手笔的长篇小说《醒世姻缘传》透露出的各种信息，以及他留下的大量代替东家写的书启文字来看，蒲松龄就任师爷期间确实也干得不错。但由于这条出路与举业相冲突，加之官场中的许多事情本来就莫名其妙，他与孙树百青楼出身的侍姬顾青霞又有点说不清道不明的关系，所以干了一年多以后，他还是回到了家乡淄川。

剩下的一条出路就只有当私塾教师了。从二十七岁开始，到七十岁结束，他的教龄长达近半个世纪。

当私塾先生的辛酸，蒲松龄在很多作品中都有所流露。在《学究自嘲》中，他写道：

> 人但知为师之乐，不知为师之苦；但知为师之尊，不知为师之贱。自行束脩以上，只少一张雇工纸。其徒数十人，好像一出《奈何天》；二三东主，却是一些八不凑。殊属可伤，亦属可笑。

在戏本《闹馆》中，更是以一种漫画式的笔调，写尽了教书先生谋生的艰难与屈辱。当东家说拌饭的春天只有苜蓿芽、夏天只有马踏菜、秋天只有蔓菁、冬天只有萝卜时，和为贵连说不妨："吃了苜蓿芽先不鹘鹭""（马踏菜）也是好的，吃了先不生虫子"，"（蔓菁）也是好的，吃了补脾胃调肺"，"萝卜片更好吃了，能以清气化痰"；当东家说没有枕头，只有破砖时，和为贵忙说："曲肱而枕之，乐也在其中矣。何况有砖乎？"东家提供的住处是观音堂，和为贵也可以将就，甚至捎带服侍和尚们也不在话下："待和尚于礼何伤乎？"东家提出，下雨天先生得负责背学生过水洼，和为贵也满口应承："先生背学生易如反掌，非挟泰山以超北海之类也，有何难哉？"末了干脆爽快地声明：

> 回头来尊贤东不必讲话，从今后成一家哪分两院？放了学饭不熟我把栏垫，到晚来我与你去把水担。家里忙看孩子带着烧火，牲口忙无了面我把磨研。扫天井抱柴火捎带拾粪，来了客抹桌子我把菜端。

我们可以把这看成是蒲松龄在康熙十八年以前四处谋馆的艰难生活的写照。

从康熙十八年开始，蒲松龄结束了这种"三家村学究"的生活，受聘到当地望族毕际友家担任家塾先生。

单纯从生活条件来考虑，这里比从前的生活是好得多了。但在精神上，他体会到的则是更大的压力。那时的私塾先生可没有现在"人类灵魂工程师"的崇高地位。虽然从名义上说教师和学生的关系是所谓"一日为师，终身为父"，但实质上，私塾先生的地位和地位高一点的大丫鬟也就差不多少。《简·爱》中罗切斯特先生与简·爱的对话很可以说明这个问题。当简·爱试图用"我是教师"来表明自己的尊严的时候，罗切斯特先生只说了一句话："你是教师。那么，谁来付钱？"就使得简·爱无话可说了。说到底，私塾先生与丫鬟的不同仅仅是他们为东家提供的服务有脑力与体力之别，如此而已。

与这种基于身份差异、贫富悬殊带来的巨大压力相伴的，还有他在性方面受到的压抑，以及基于这种压抑而带来的性幻想方面的一些特点。

毕家是高门大姓，所以门户是非常谨严的。无事大门不出，二门不迈，是当时对大姓女子基本的要求。在这种情况下，蒲松龄与毕家主子阶层的女人接触的机会就非常稀少。在毕家生活的漫长的三十年间，和他接触的异性，基本上只有毕府的丫鬟。蒲松龄到毕家教书的时候，已经四十左右。这时的蒲松龄，早已不是当年担任孙树百幕僚期间的那个意气风发的年轻书生，他已经过了浪漫的年龄，所以也就不会再有当初与顾青霞那样的冒冒失失的感情纠葛了。但是，"空床难独守"啊，一个正常的男人，一年到头孤身在外，无法与妻子谋面，所以性的压抑与对异性的幻想就格外地强烈（这只消读一读《聊斋志异》就可以知道）。从心理学上讲，性幻想总伴随着一定的假想对象，而这个假想对象一般不会是自己最经常的性伙伴——妻子或者丈夫。在这种情况下，将性幻想投射到那些最常见面的丫鬟身上，就是一件非常正常的事情了。因为，首先，她们与他接触较多，越是熟悉的东西，对人的潜意识的影响也就越强烈。其次，丫鬟一般都还没有结婚，将性幻想投射到她们身上不会造成伦理道德上太大的犯罪感。此外，恐怕还是蒲松龄的名分思想在起作用，因为丫鬟的地位毕竟较低。这一点我们可以在蒲松龄的作品中找到内证。比如在《瞳人语》中，当名士方栋尾随一位"红光艳丽，尤生平所未睹"的女郎时，这位娘子的丫鬟站出来怒斥方栋："此芙蓉城七郎子新妇归宁，非同田舍娘子，放教秀才胡觑！"言外之意，胡觑田舍娘子还是可以的。如果我们再回忆一下《儒林外史》中马二先生游西湖的一幕，对这一点的理解就更深了。马二先生游西湖时，曾遇到出身不同的两群女人。面对乡下女人，他可以放肆地看；但是面对穿绸挂缎的大户人家女眷，他就只能低头走过。在古代，名分不仅是人们分享财富与政治权力的依据，并且也是分享尊严与隐私权的依据。当然，文学并不直接等同于性梦，而是经过了前意识加工的产物，毕家的丫鬟们未必容貌美丽，但到了文学作品中，就一定要个个"媚曼风流""风致韵绝"了。

《聊斋志异》中的有些故事也写到了书生与仙女（象征着现实中的贵族女性）的结合，这是蒲松龄作为读书人深受传统影响的结果。在传统的读书人中，人生最得意的事情除了"进士及第"，就是"娶高门大姓之女"了，因为它意味着进身的基础与前途的保证，另外还混杂着一点士族制度遗留下来的一点对贵族莫名其妙的神秘感和崇拜感。但在那些故事中，这些书生总给人以一种不自信、受拘束的感觉，比如《仙人岛》中王冕与芳云的婚姻就是如此。这种对贵族女性

25

的拘束感和对卑微而美丽的丫鬟的不由自主的爱一样，都是生活中蒲松龄长期困窘、压抑的生活状态的不自觉流露。不管我们说文学是"镜"也好，是"灯"也好，它映现或照亮的，都是作者眼中或心中的生活。

# 柏拉图之爱

人们通常把所谓"柏拉图之爱"当作精神恋爱的别名，这实在是一种极大的误会。实际上，柏拉图所称扬的爱乃是男性间的同性之爱，也就是我们今天所说的同性恋。这只要看一看他的《会饮篇》和《斐德诺篇》就可以知道。在古希腊，男性之间的爱是被允许甚至鼓励的，如斯巴达人就认为，这种同性之爱可以赋予战士们更大的勇气，所以在那里几乎所有的男子在一生的某个阶段都有一个同性的情人；雅典的情况也大体如此，我们可以给那里的同性恋者开列出一个长长的名单，这个名单包括西方文明的骄傲苏格拉底与柏拉图。

同性恋的历史几乎和人类一样长久。但是，它成为一种风气在社会上广为流行，却只有两次：一次是在古代的希腊，另一次就是在明清时期的中国。

这种风气在中国流行，是从明代中晚期开始的。其流行的范围可以说从长城内外到大江南北；其涉及的人员则从帝王将相到贩夫走卒；其延续时间长达近四个世纪，直到极端仇视同性恋的基督教正统性爱观念伴随着坚船利炮一起进入中国，这种风气才受到有力的遏制，日益消歇，逐渐被普通人鄙弃乃至遗忘。

在历史上因建豹房而臭名昭著的明武宗虽不是历史上第一个对同性恋情有独钟的皇帝，但他却是在这阵风气中独领风骚的人物。他所蓄养的男宠之多，给予他们的待遇之厚，在历史上都是空前绝后的。他体格健壮、精力充沛而终无子嗣，就与他的这种性取向有着直接的关系。万历与天启两位皇帝的同性恋倾向也同样强烈，特别是天启，厌近女色而独爱娈童："不近妃嫔，专与小内侍玩耍，日幸数人。"（《梼杌闲评》）"上有所好，下必有甚焉"，人主们的癖好对这种风气的流行起到了示范与推动作用。我们也可以像对雅典那样给明清两代有断袖之癖的人开列一个名单，这个名单同样可以囊括许多大名鼎鼎的人物：明代中晚期有大名士屠隆、编《元曲选》的臧懋循、大散文家张岱、著名艺术家祁彪佳、大诗人钱谦益……清代则有吴梅村、冒辟疆、陈维崧、王士禛、赵翼、袁枚、郑板桥、和珅、毕秋帆……甚至包括太平天国的领袖洪秀全。风气之盛，用著名小说家李渔的话来说，就是：

> 如今世上的人，一百个之中，九十九个有这件毛病。（《无声戏》）

这种风气对于当时人们的审美好尚乃至文化生活都产生了巨大的影响。当时如京剧等大的剧种几乎都毫无例外地用男子反串剧中的女性形象，绝大多数男性的演员都会起一个女性色彩十分浓厚的艺名，比如兰芳、玉函、艳秋、妙姗之类。人们欣赏他们，除了才艺以外，其女性化的步态、神情也是最重要的欣赏点之一。人们心目中的美男子再也不是高大威猛的"猛男"，而是弱不禁风、多愁善感的美少年了，以至于"若穿了女衣，妆束起来，岂非是个绝色的女子"（《飞花咏》）竟成了对男性容貌美的极高评价。离开了这一阵同性恋风气，此一时期的许多文化现象将无从出现，也无法被后人理解。

作为直接表现生活的文学样式——小说，这种风气的流行自然会在其中留下它或深或浅的痕迹。以中国古代最伟大的六部长篇小说《三国演义》《水浒传》《西游记》《金瓶梅》《红楼梦》《儒林外史》而论，纯粹产生在明清时期的三部作品就都有关于同性恋的描写，比如《金瓶梅》中的西门庆与书童，《儒林外史》中的杜慎卿与伶官，《红楼梦》中的宝玉与秦钟……而且从作者描述的语气来看，也并没有表现出什么大惊小怪的态度。

《聊斋志异》也不例外。

这种风气对《聊斋志异》的影响，首先表现在蒲松龄对笔下人物外貌特征的认同上。蒲松龄所认同的美男子，多数具有女性化的特征。从总体上来说，《聊斋志异》对男性人物外貌的描写不是非常在意，在大多数情况下，无非是一句"风采甚都""仪容修美""美风姿"之类的套话。作者全力注意的，乃在于对女性外貌的描写上。但也有一些比较具体的描写，可以帮助我们理解蒲松龄所谓的"美风姿"到底是怎样的一种风采。比如《黄九郎》中黄九郎的外貌是：

> 年可十五六，风采过于姝丽。

《罗刹海市》中马骥的相貌是：

> 马骥，字龙媒，贾人子，美风姿。少倜傥，喜歌舞，辄从梨园弟子，以锦帛缠头，美如好女。

《嫦娥》中宗子美的相貌，用故事中林妪的话来说，就是：

> 温婉如处子，福相也。

这些都说明，蒲松龄对于男性美的理解，是受到这种风潮的影响的。

从总体内容上看，《聊斋志异》与《红楼梦》一样，可说是一曲异性恋爱的颂歌，绝大多数爱情故事中的主人公都是有着异性恋性取向的男女，但也有少数的篇章，写到了当时蔚为风气的男性之间的同性恋爱。比如《黄九郎》中何子萧与黄九郎之间的故事，就简直称得上缠绵悱恻了。何子萧是在一个偶然的机缘看到"风采过于姝丽"的黄九郎的。然而，仅仅是这惊鸿一瞥，已经使得何子萧魂飞天外了。他翘足目送黄九郎消失在视线之外，才怀着无限惆怅回到家中。第二天一早，何子萧就等在前一天黄九郎出现过的地方，直到黄昏，才再次看到自己的意中人出现在视野之中。他怀着无比的激动上前与黄九郎攀谈，并竭力邀请黄九郎到自己家中。从此以后，何子萧就像失魂落魄一般，时时在黄可能出现的地方眺望，深怕失去任何一个和黄相见的机会。九郎感动于何的诚意，于是接受了何在家歇息的邀请。但当天晚上，黄还是被何的举动吓住了。黄走后，一连几天没有再来。这几天，何日夜凝望，废寝忘食。过了几天，黄再次来到何家，何再次情不自禁。这一次，九郎不等天亮，便连夜逃走了。子萧深悔孟浪，以为九郎再也不会来了，后悔加上相思，使得他寝食俱废，日益消瘦憔悴。他的痴情终于感动了黄九郎——他答应了何子萧的求爱。他们的爱历两世而不易，中间还夹杂了九郎献身为何子萧释怨的插曲。用《牡丹亭》中"题辞"的话来形容，真可谓"情不知所起，一往而深，生者可以死，死者可以生"了——在下这话并不曾唐突了汤显祖，因为汤显祖本人也对同性恋十分欣赏。

另一个和同性恋有关的故事是和一桩骗局联系在一起的。《男妾》讲一位官员在扬州花大价钱买了一个姿色才艺都很好的"妾"，但回家才发觉他竟然是男的。第二天到卖主那里，卖主早就跑了。原来这是一个骗局，在扬州专门有些人干这种买卖，他们买来漂亮的男孩子，加意修饰，用来骗人。这个官员十分懊丧。正当他自认倒霉的时候，另外一个素有断袖之癖的官员听说了这件事，于是用原价把这个"男妾"买走。

其他涉及同性恋的篇章还有《侠女》《韦公子》《人妖》《男生子》等数篇。

当然，我们绝对不能把书中人物等同于作者。我们能做到的，是通过作者在文字中透露出来的信息，判断出作者的态度。

首先，蒲松龄本人对同性恋不感兴趣（对热爱蒲松龄的人来说，这绝对是一个好消息）。这从《黄九郎》后边所附的那则充满了调侃意味的"异史氏曰"中可以看出。

其次，对于这种风气，蒲松龄本人虽不很赞同，却也并不是深恶痛绝，这从《侠女》《人妖》《男妾》等篇后所附的"异史氏曰"中同样可以看出。比如《侠女》后的"异史氏曰"是这样说的："人必室有侠女，而后可以蓄娈童也。"意思是说，只要自己的妻子品行过硬，不会受到娈童的诱惑，蓄娈童也还是可以的。

　　这也正是生活中蒲松龄对于此类事情的态度。在蒲松龄留下的诗篇中，有一首是赠给当时著名小优——小优乃是有龙阳之癖的士大夫的主要狎玩对象——周小史的，诗曰：

　　　　翩翩小史，凤舞鸾翔。媚骨隐腻，红齿含香。昼寝断衿，似宠圣皇。口啖余桃，以分君王。小语不正，浓笑流芳。刺肌灼肤，亦效秦倡。千载温柔，从无此乡。

诗中有对周小史才艺姿色的称扬，又似乎含有幽微的讥诮。"千载温柔，从无此乡"，这到底是什么意思呢？是褒扬赞美，还是打趣嘲弄？

　　行文至此，照理应该结束了，但忽然有几句题外话想说。上文曾说，中国自明清以来相沿近四百年的同性恋的风潮，是在西方正统性爱观念的冲击下才日益消歇，乃至被普通人遗忘的。但近年来这种风潮（特别是在港台）的抬头之势，却又是真真切切在西方的影响下兴起来的。自二十世纪六十年代以来，欧美国家对于同性恋的讨论风起云涌，美国著名影星汤姆·汉克斯主演的同性恋主题电影《费城故事》更是使得这种现象一度成为热门话题。在中国，最著名的同性恋者应当说是张国荣了。他的自杀在中国激起了巨大的反响，同性恋问题在他主演的《霸王别姬》上映后，又一次被国人广泛关注。西方社会的主流声音是，你可以不赞同同性恋，但无权对他们表示歧视，因为人有选择自己性取向的权利和自由，别人无权干涉。这似乎也成了目下中国同性恋者的解嘲之词。西方对于中国性爱风气的影响，用一句古话来说，正可谓"成也萧何，败也萧何"了。

# 感伤文学与幽冥之爱

在中国的文学史上，清朝是一个非常特别的朝代。一般说来，一个朝代的文学也如同一年的四季，有春的孕育，有夏的热烈，有秋的感伤，有冬的凋零。但清代的文学不同。它的春天和夏天短得几乎让人觉察不到，一转眼，秋天就已经来临。清朝几乎所有伟大的作品都是在前中期收获的，与此相伴的，则是弥漫其中的、与一个新生不久的王朝似乎不相称的感伤气息。这种气息，我们在《桃花扇》、在《长生殿》中可以感受到，在纳兰词、在"神韵说"中可以感受到，在《聊斋志异》中同样可以感受得到。而《聊斋志异》中将这种感伤情调表现得最突出的，就是那些书写人间书生与青林黑塞间女子的爱情故事了。

《聊斋志异》中，那些与人间书生相爱的鬼女大都是非常美丽的。但她们的美丽，多是黛玉那种柔弱而令人哀伤的美，她们仿佛从纳兰性德的词中走出，缠绵悱恻，但罕有健康的活力与激情。如《莲香》中的鬼女李氏，"质弱单寒"，

"风流秀曼，行步之间，若往若还"；《连琐》中的连琐，"瘦怯凝寒，若不胜衣"；《伍秋月》中，虽然没有具体描述伍秋月的容貌，但从她"十步之外，须人而行，不则随风摇曳，屡欲倾侧。见者以为身有此病，转更增媚"来看，她必然也是娇弱柔媚，而非体格丰硕、肤色红润的女子。鲁迅有一句俏皮而深刻的话，叫作"焦大是不爱林妹妹的"，其要义在于点明，审美是有阶级性的。其实，审美不仅有阶级性，还有时代性。时代精神总是深刻地影响着人们对于美的理解。比如殷周时期推崇武勇，于是拥有高大身材、健壮肢体、红润皮肤的女性就成了男人摇曳目光的焦点；唐代是兼收并蓄的开放时代，于是各种类型的美女几乎都受到人们的欢迎，但和强盛的时代相应，健康丰满显然更得青睐；明代中晚期是一个纵欲之风盛行的时代，于是风骚性感的女人就在男人冶荡的目光中显得格外富有吸引力。同样，清代前中期的感伤主义思潮也对人们的审美观念产生了巨大的影响。现实生活中美好事物的脆弱易折，高压统治下无所适从的茫然恓惶，遍及华林的感伤情绪，都使得具有感伤气质的纤弱女子成了凝聚时代审美理想的典型。蒲松龄在这样的具有末世情调的女子身上寄予自己的最高审美寄托，固然是个人的眼光，然而也寄予着时代的审美理想。

　　与她们具有感伤气质的外貌相应的是她们生前大多具有不幸的遭际。如连琐生前的身份为"李通判女"，不幸早夭，埋在桑生坐馆处的墙外。伍秋月生前的命运也不太好，虽然得到了父亲的宠爱，但毕竟在十五岁就不幸死去。宦娘生前是官宦之女，随父流寓，十七岁便暴病身亡。生前不幸，而死后她们的生活也远远说不上幸福。《聊斋志异》中有许多鬼作的诗，大多数的诗歌都在诉说她们在幽壤中，深夜里寂寞凄清的游荡。"玄夜凄风却倒吹，流萤惹草复沾衣。幽情苦绪何人见？翠袖单寒月上时。"她们即使基本上和生人没有什么两样，但横在面前的一个"生死悬隔"的界限总是在提示着她们自己是"泉下人"。再加上她们冰冷的体温，有形无质的身体，顽艳哀绝应当说是她们的总体风格。

"身为异物"是一切来到人世的鬼的遗恨。如《宦娘》。温如春以出色的琴技打动宦娘，然而，因为自己泉下人的身份，她竟然无法答应温如春的婚约。为了报答心上人对自己的眷顾，她竭力促成了温如春和良工之间的婚姻。但对于温如春的爱意与这种爱不能实现的遗憾却始终不能释怀。她的那首《惜余春》词，正表明了她与心上人虽是高山流水的知音然而终于不能结合的痛苦："因恨成痴，转思作想，日日为情颠倒。海棠带醉，杨柳伤春，同是一般怀抱。甚得新愁旧愁，划尽还生，便如青草。自别离，只在奈何天里，度将昏晓。　　今日个蹩损春山，望穿秋水，道弃已拚弃了。芳衾妒梦，玉漏惊魂，要睡何能睡好。漫说长宵似年，侬视一年，比更犹少。过三更已是三年，更有何人不老!"在最后，当一切都已经真相大白，温如春与良工夫妇竭力挽留她的时候，她却在请温如春为她奏了最后一曲后凄然告别，"出门遂没"。正是这种人鬼之间不可逾越的界限，造成了有情人终于难成眷属的遗憾，以及没有具体加害者的悲剧。这是一种无法解答、无可奈何的悲哀。冯镇峦特别推崇这篇小说的结尾，说它袅袅不绝，缥缈不尽。他确实说出了《聊斋志异》中多数笔涉幽冥的爱情故事的独有特征。一般说来，美好感情的失去无疑会给人带来巨大的失落感，而这种失落感又往往在两极之间徘徊。绝对的失落带来的是绝对的失望，但绝望之后也便死了心，相反倒会有一种解脱后的宁静；似乎可以弥补的失落不那么令人绝望，但少了绝望的痛苦，却又多了某种永远令人割舍不下的不平静。《宦娘》引起的失落接近后者。鬼魂的倏然而去使人对她的倏然而来仍然抱有某种希望，但即使她再次倏然而来，也仍然无法突破幽明间的阻隔，无法改变异类的身份；于是，我们在失落之后盼望的，其实还是一个失落。这是不能解脱的等待，是不曾绝望的绝望，缠绵延伸，余音不绝。

这种哀伤忧郁的情愫其实是《聊斋志异》所有涉及幽冥之爱的共同基调。即使是那些终于成就了好事的爱侣，也依然笼罩在或浓或淡的凄凉之中。那些鬼女并不能摆脱她们那些伤痛的人世经历的回忆，更加重要的是，他们相爱的环

宦娘

聊斋志异：
书生的白日梦

境——青林黑塞，早就为他们的爱情设定了一种感伤的氛围。

选择青林黑塞作为故事展开的背景，这本身就透露出一种对于人生的态度。在这个方面，蒲松龄的身份悬隔的朋友、当时的吏部尚书王渔洋堪称是蒲松龄真正的知己。为《聊斋志异》写序的人很多，但多数注意到的都是聊斋劝善惩恶的意识，以及在其中寄予的身世不平之感。如余序说聊斋：

> 平生奇气，无所宣泄，悉寄之于书。故所载多涉诹诡荒忽不经之事，至于惊世骇俗，而卒不顾。嗟夫！世固不乏服声被色，俨然人类，叩其所藏，有鬼蜮之不足比，而豺虎之难与方者。下堂见螳，出门触蜂，纷纷沓沓，莫可穷诘。惜无禹鼎铸其情状，镵镂抉其阴霾，不得已而涉想于杳冥荒怪之域，以为异类有情，或者尚堪晤对，鬼谋虽远，庶其警彼贪淫。

在《聊斋志异》众多的序文当中，应当说，余集的序文是写得最好的一个，比起那些呶呶然徒以劝惩为《聊斋志异》笔涉荒怪辩护的皮相文字来，它可以说抓住了《聊斋志异》之骨。但余集抓住的也仅仅是有形的骨而已。相比之下，王渔洋序诗虽然只有短短的四句，却可谓抓住了《聊斋志异》的魂。他说：

> 姑妄言之姑听之，豆蓬瓜架雨如丝。
> 料应厌作人间语，爱听秋坟鬼唱时。

与其他序文或序诗竭力把读者的注意力吸引到聊斋具体的故事或者寓意不同，王渔洋的序诗没有强调这些。他注意到的是作者对于现实人生的态度"厌作人间语"，以及笼罩在整部《聊斋志异》上的意象"秋坟鬼唱"：这个意象与其说是浪漫的，不如说是感伤的。从主观上来说，蒲松龄所悲所感的或者只是个体的命运与遭遇；但客观上，其作品中的意绪却仍然充满了那个时代的回音。《聊斋志异》中那些笔涉幽冥的爱情故事中，有天真的欢笑，有两性相悦的美好，但在这一切的背后，人们总会感受到一种难以掩去的感伤——不管具体的故事是喜悦还是悲伤，这背景总是在暗示着死亡。正是这种"悲以深"的（也许是非自觉的）感伤意识，构成了《聊斋志异》耐人寻味的难言之美。

# 负心的惩罚（上）：富贵易心

　　中国古代社会是典型的男权社会。在男权社会中，男性居于主导，而妇女则处于从属地位。在很多时候，女性的命运并不完全掌握在自己的手中，她们幸福与否，在很大程度上取决于男性的品质与态度。所有的女性都希望自己在婚姻或恋爱中遇到的男性是认真负责的，但并不是所有的女子都那么幸运，所以"痴情女子负心汉"的悲剧从古到今都屡见不鲜。

　　蒲松龄是一位对女性充满了欣赏与尊重的作家。这样的态度，就决定了蒲松龄对于那些负心男子发自内心地厌恶。在《聊斋志异》当中，蒲松龄就写到了一些男子负心的故事。这些故事就其类型而言，大体可分为两类：一是富贵易心，二是始乱终弃。在这两种类别的作品中，蒲松龄无一例外地给了那些男子以应得的惩罚，以此惩恶扬善、警醒世人。

　　我们先说富贵易心。这类的作品，代表性的是《武孝廉》与《丑狐》。

这两篇作品有一个共同点，就是男主人公是人间的男子，而女性则是幻化作人形的狐仙。

说到狐仙，一般人脑海当中映现的恐怕都会是小翠、婴宁、红玉等美丽非凡的少女或少妇形象，以及她们与人间男子之间那些缠绵悱恻的爱情故事。而实际上，《聊斋志异》中的狐仙，既有美丽的，也有丑陋的；既有年轻的，也有稍长的。这些狐仙与人间男子的情感故事，既有缠绵悱恻的，也有不那么美好的。就总体而言，那些美丽的爱情故事，寄予的多半是蒲松龄对于爱情的理想；而那些不那么美好的故事，寄予的多半是对于两性伦理的认真思考。

先说《武孝廉》。

故事的男主人公是一个姓石的武孝廉。明清两代，把举人叫作"孝廉"，"武孝廉"就是武举人的意思。故事发生的时候，石某大概三十来岁的年纪，一表人才，气质文雅，加上习武出身，身姿挺拔，称得上是个仪表堂堂的美男子。

这一年，石某带着许多资财坐船北上，准备到北京好好活动一下，谋求个好差事。走到德州一带，石某忽然得了重病，吐血不止，只好卧病舟中。仆人看他快死了，将石某的钱财偷走，剩下他一人在船上苟延残喘。船家看他快死了，又没钱可以治病，就商量着要趁夜晚把他扔到岸上。船家的议论被邻船的女人听到，就说你们不愿意载他，就把他交给我好了。船家一听，非常高兴，赶忙就扶起石某，将他放到了那个女人的船上。

来到船上，女人过来与石某相见。石某看那个女人，虽然已经四十多岁了，但衣服华美，风韵犹存，颇有几分颜色。石某挣扎着向那个女人表示感谢。那女人说我懂一点医术，我看你已经病入膏肓，危在旦夕，活不了几天了。石某一听，当即就哭了起来。那女人看石某可怜，说别哭，幸亏你遇见了我。我有药丸，能够起死回生。治好病以后，希望不要忘记我才好。说完就拿出药丸，给石某服下。石某服下药丸以后，马上就觉得好了很多。在接下来的日子里，这个女人每天衣不解带地服侍石某，那种殷勤照顾，就是夫妻之间也不过如此；而石某对那个女人，自然也是感激涕零。过了一个月左右的样子，石某体力基本恢复，下床后的第一件事，就是跪在那女人面前，说你的大恩我不敢忘记，我以后要向对待我母亲那样对待你。

如果是现在的女人，听了石某的话，一定气死了："认我当妈?! 我就那么老吗!"然后可能一脚把石某踢下河去。不过那个女人倒没有生气，她拉起石某，说你别这样，我也不敢收你这么大的儿子。这样吧，我一个人孤独无依，如果你不嫌弃我老，咱们就结为夫妻，怎么样？

这之前的一年，石某的妻子就死去了，此时的石某，正好也是单身。一来出于感激，二来看那女人虽然年过四十但依然风韵犹存，所以也就很高兴地接受了那女人的建议。当天晚上，两个人就住在了一起。此前石某的钱不是被仆人偷走了吗？那女人又拿出一大笔钱让石某到北京活动，自己则留在德州，约好事情办好，二人再在德州会合。

石某拿着女人的钱在北京上下活动，成功地谋得了山东省军事长官的职位，剩下的钱还置办了全套的车马仆从，走在路上，也是车马煊赫的样子。得官之后的石某，马上就开始嫌弃起那女人来了，心想她年龄都够给我当妈了，我还是再娶个年轻点的吧。于是就娶了王姓的女子为妻，用的也还是那女人的钱。自己也知道事情办得缺德，就没敢到德州与女人会合，而是绕道上任去了。

女人在德州一等就是一年。一年之后，石某的一个表亲偶然到德州，恰巧住在了女人的隔壁。女人与他聊天时知道石某已经再娶的消息后大为恼怒，忍不住就把石某骂了一通，并把自己与石某的经历告诉了那个亲戚。那个亲戚听了，一方面为那女人不平，一方面也为石某开脱，说很可能刚上任，忙于公务，所以没时间与你见面。这样吧，你写封信，我替你捎给石某，他一定会来接你的。拿到那女人的书信，那亲戚来到石某的任所，把信交给石某。本以为石某会幡然悔悟，没想到他只是很不在意地把信随便一扔，就没有下文了。

又过了一年，女人离开德州，自己来找石某。她在一个旅店住下，托人将信息传达给石某。石某知道女人来的消息，不但不肯相见，还警告属下，任何人不得再为之传达信息。

石某以为，凭着自己现在的地位权势，虽说不是侯门似海，但拦住个无依无靠的女人，还是易如反掌的，只要自己不见，那女人也就无可奈何。他想错了。石某不知道，那个女人可不是一般的女人啊！有一天，他正在家里与一大帮朋友喝酒，忽然就听到外面一阵喧闹声，他停下酒杯，刚想问是怎么回事，那女人已经一掀门帘闯了进来，指着石某就大骂起来，说你这个薄情的东西，日子过得挺滋润啊！你自己想一想，你的富贵是从什么地方来的？我对你的恩情不薄啊！就算你嫌我老，你再买几个小妾，不就完了吗？何必要如此绝情?! 石某听了女人的话，一句话也说不出来，只有跪在地上，请求那女人的原谅。请求了好久，女人的面色才缓和了下来，算是原谅石某了。石某又去见妻子王氏，让王氏以见姐姐的礼节见那女人。王氏来到那女人面前，以妹妹的身份躬身施礼。那女人赶忙答礼，拉起王氏，说妹妹不要害怕，我刚才大吵大闹的，不是因为我生性悍妒，而是石某做的事确实是太不地道了，然后就把自己和石某的往事详细地说给王氏听，末了又问，换作妹子你，你能不生气吗？王氏是个通情达理的女性，听了那女人的诉说，也非常痛恨石某，结果两个女人合在一起，又把石某骂了一顿。

　　以后，三个人就开始在一起生活。与这个女人在一起生活越久，石某就越发觉得这个女人不同寻常。比如他曾以为女人找上门来是看门人放进来的，后来问看门人，看门人发誓说没有，这就多少让石某觉得诧异。又有一次，石某的官印不见了，到处找不到，一家人急得团团转，那女人却并不着急，只是让他们到井里去找，而后果然在井里发现了。看那女人的意思，也知道事情是谁做的，只是不肯说出罢了。最奇怪的事情是那女人每天晚上早早就关门进到自己的房间，然后整夜就从房间内传出好像抖动衣服的声音，谁也不知道她到底在干什么。对于石某来说，现在对那女人已经说不上有什么感情了，有的只是怀疑与隐隐的畏惧。

　　王氏则不然。她一开始对那女人有些害怕，但相处的时间久了，觉得那女人待人和善，处事得体，对待下人宽严有度，就越来越尊敬和喜欢起那女人来。加上女人的年龄比自己大得多，所以到后来，王氏对那女人的态度，就颇有点女儿对母亲的敬爱了。

　　有一天，石某外出办事未回，王氏就和那女人在一起喝酒，女人不觉中喝多了，躺在床上，变成了一只狐狸。王氏没有害怕，反倒对这个狐狸大姐生出了更多的爱怜，还拿出被子给她盖上。等石某回来，就把这件事和石某说了。石某一听，就要将其杀死，王氏坚决阻止，说就算是狐狸，可是毕竟对你有恩啊。石某不听，而就在他找刀的时候，那女人已经醒来，说看你这一副蛇蝎心肠，我是一天都不能再在这里居住了。当初给你的丸药，也麻烦你还给我。说完，就向石某的脸上吐了一口唾沫。石某当时就感觉如同一盆冰水浇在自己头上，喉头丝丝作痒，一张嘴就把当初女人给他的丸药吐了出来。女人把丸药捡起，而后愤然离开。就在当天的晚上，石某旧症复发，半年之后，终因呕血不止而死。

《丑狐》的内容，与《武孝廉》大致相似，不过要简单许多。讲的是一个姓穆的书生，在一个又黑又丑的狐狸精的帮助下变得富有，而富有之后，就开始对这个丑狐心生嫌憎，还请了一个道士作法，想将丑狐除掉。这丑狐可不含糊，搬起比脸盆还大的石头把穆生家砸得稀巴烂，还抱来了一只猫头狗尾的动物，把穆生的脚指头咬掉两个。末了逼着穆生变卖家产，归还了几年来馈赠给他的所有钱财。

这两则故事给我们的启发，都可谓深长。它们借用非人间的题材，反映的其实是人间的一个常见问题，就是男人的富贵易心。对于这两桩失败的婚姻，现代人很容易得到一个启示，就是婚姻要以双方的感情为基础，没有感情的婚姻，说到底是不坚牢的。情况也确实如此。在这两则故事里，无论石孝廉也好，穆生也好，他们的婚姻在开始的时候动机就不纯粹，这其实就埋下了后来婚姻破裂乃至反目成仇的根芽。但这只是问题的一个方面，因为无论是古代还是现代，除爱情外毫无其他考虑的婚姻我们不能说没有，但数量也是极少的。更何况，爱情是什么，恐怕也没有人能说清楚。有人打过一个比方，说爱情就像一头洋葱，当我们想寻找它的核心而将它层层剥开，却发现它全都是皮，中间是空无所有。所以我更想强调的是，婚姻是一个契约，一旦签订，除非某一方发生了重大的违约行为，另一方是没有权利随便撕毁当初的协定的。以《武孝廉》而言，对方年龄比自己大，自己难道当初不知道吗？既然知道，而又以此嫌憎对方，就是大大的不应该。更何况，对方对自己有救命之恩，而能忍心作出要杀死对方的决定，则石孝廉的死，就更是罪有应得。《丑狐》亦然。蒲松龄在讲完这则故事之后，曾发了一段感慨，说丑狐当初来的时候，穆生假如说憎恶她是个妖怪，就算杀死她，也没有什么不可以。但既然当初没有将其杀死，而且还接受了她的馈赠，受人之恩，那么就算是异类，也不应该辜负对方。蒲松龄之言，于我心有戚戚焉。现实中的女性，面对男子的背德，恐怕只能徒唤奈何。当她们遇到在自己的帮助下变得富贵转而又抛弃自己的男性，她们最想说的一句话，恐怕就是《闪闪的红星》里面那句经典的台词了："谁拿了我什么，给我送回来；谁吃了我什么，给我吐出来；有人欠我的账，那得一笔一笔慢慢算。"但有与男子一笔一笔慢慢算账能力的，恐怕少之又少。但狐狸精就不一样了。《武孝廉》中的狐女，是让石孝廉"吃了我什么给我吐出来"；《丑狐》里的丑狐，是让穆生"拿了我什么给我送回来"。通过这两个神通广大的狐狸精，蒲松龄以自己的如椽巨笔，惩罚了那些始乱终弃的背德男子，也为普天下的弃妇伸张了一把正义，长出了一口恶气。

如上所说，"富贵易心"无疑是一种极不道德、极不负责的行为。但在古代，这种情况却并非罕见。翻开古代的小说、戏曲，就会发现反映这一情况的作品所在多有，比如《满少卿饥附饱扬》《王魁负心》《铡美案》等。文学是社会生活的反映，文学作品中此类作品很多，足以证明此类事件在生活中的常见。为什么会有此种情况的发生？归根结底，是由女性在社会和家庭生活中的弱势地位所决定的。我们今天已经习惯了说"法律面前人人平等"，但在古代，法律就已经规定了男女之间的不平等。举个简单的例子，依照《大清律》的规定，妻子殴打丈夫，即使无伤，也要被杖责一百；而丈夫殴打妻子，折伤以下则法律根本不予追究。妻子犯了所谓"七出之条"，丈夫有休妻的自由；而丈夫无论有何过犯，妻子都没有离婚的权利。伦理道德的规定同样对女性极为不利。封建纲常提倡"三从四德"，所谓"在家从父，出嫁从夫，夫死从子"，"妇德、妇言、妇容、妇功"，面对男性，女性最好的品质就是顺从，最好的态度就是配合。这样的制度和文化，就为男子的负心提供了方便的条件。那么，又是什么造成了女性在封建社会的弱势地位？归根结底，是因为女性被排斥在社会生产之外。生产力决定生产关系，既然社会的主要资源掌握在男性手中，那么制度文化这些上层建筑就只能是男性意志与愿望的反映与表达。

《武孝廉》这篇作品，即使在今天，也仍然有着非常积极的意义。首先是其坚持"糟糠之妻不下堂"的立场，以及对富贵易心这种丑恶现象的谴责。时代发展到今天，女性已经掌握了越来越多的社会资源，女性的家庭地位已经有了很大的提升，但距离真正的男女平等，恐怕还有相当的距离。在这样的情况下，强调男性，特别是那些成功的男性对于感情与家庭的忠诚与责任，仍然没有失去其意义和价值。其次，富贵易心的男人确实让人恨，在现实生活中，被遗弃的女人多半却只能是无可奈何。但作品中的狐女就不一样了。《石孝廉》中的狐女让石孝廉吐出了自己当初给他的药，夺走了自己给予他的第二次生命；《丑狐》中的狐女则以自己的手段夺回了自己馈赠给穆生的财产，让他重回落魄。狐女们何以能如此呢？说来说去，是因为她们有这种能力与手段。这就以一种隐喻的方式告诉我们，女性要想捍卫自己的尊严与权利，还是要以自强与自立作为这一切的基础。

# 负心的惩罚(下)：始乱终弃

再说负心的第二个类型：始乱终弃。

这个类型的代表，首推《窦氏》。

故事的男主角叫南三复，是晋阳(今山西太原)地方的世家大族。他家住晋阳城里，在距离晋阳城十几里的郊外盖了一处别墅，闲暇时常常一个人骑着马到别墅去小住。

这一天，南三复又到别墅去散心，半路忽然下起一阵急雨，正好路上就有一个小小的村落，南三复于是拨转马头，随机敲开了一家农户的院门。

南家是当地大族，特别是这个小村的许多人种的都是南家的田地，所以南三复在这一带简直就是神一样的存在。那家主人一开院门，见是南三复来了，赶忙热情相迎，将南三复迎进屋里。

因为门第身份悬殊，所以那家的主人在南三复面前显得很局促，问他的姓名，回答说是叫窦廷章。安顿南三复坐下，窦廷章又是洒水又是扫地，接着就开始忙活做饭。一会儿饭菜做好，虽然不是山珍海味，但有肉有菜，还杀了一只鸡，烫了一壶酒，在这山野的乡村，就算是十分丰盛了。

窦廷章在忙里忙外招待南三复的时候，他的女儿，一个十五六岁的女孩子——也就是我们的女主角窦氏，也在帮父亲在外面烤肉，烤好了就交给父亲拿进屋里。南三复坐的位置正对着窗户，窦氏在往屋子里送烤肉的时候，少不得时时经过窗户，所以窦氏的身影也就时时映入南三复的眼帘。女孩子的相貌如何？作者蒲松龄用四个字来形容："端妙无比"——端庄曼妙到了无以复加的程度。南三复一看到窦氏，顿时怦然心动。

一会儿雨停了，南三复告辞回家，但一颗心却留在了窦家，窦氏的容貌和身影总是在眼前浮现。所以到第二天，他就以感谢窦廷章昨日招待的名义再次来到窦家，而那目的，自然是想多看一眼窦氏。从此以后，南三复是隔三差五地就来窦家小坐，时时会带些礼物馈赠给窦廷章。随着南三复来得多了，窦氏也就与南三复越来越熟，南三复再来，窦氏也就不怎么回避。不但不回避，而且她似乎也看出了南三复对她的意思，时常有意无意地在南三复面前晃来晃去。南三复有时忍不住盯着她看，她也不回避，只是会有些羞涩地低头微笑。这样一来，南三复对窦氏就更着迷了，往窦家跑得也就勤了，两三天不来，就感觉丢了魂一样。

有一天，南三复又来，窦廷章正好不在。南三复与窦氏说着说着，突然一把抓住窦氏，就要动手动脚。窦氏满脸通红，厉声拒绝，说我们家虽然穷，但也是好人家的女儿，要嫁人也要明媒正娶正大光明地嫁出去，你这是干什么。南三复说你放心，我老婆前一阵子刚死，现在也是单身，我很喜欢你，只要你答应我，我一定会娶你做老婆的。窦氏要南三复发誓，南三复于是指天画地，说了一通非你不娶之类的鬼话。窦氏年纪轻轻，社会经验缺乏，以为像南三复这样的大人物必定是一言九鼎、说话算话，觉得自己反正也是南三复的人了，也就听任了南三复的摆布。

再往后，南三复只要看窦廷章不在，就来找窦氏。终于有一天，窦氏发现自己怀孕了。

在把女人的名节看得比生命还重的古代社会，这无异于五雷轰顶。窦氏吓坏了，于是一再催促南三复履行诺言，说我们这样偷偷摸摸的，终究不是长久之计；如今我又已经怀孕，更是瞒不得旁人。你们家条件那么好，只要你肯上门求亲，我爸妈一定觉得门户生光，没有个不答应的道理。如今我肚子一天天大了，你一定要抓紧行动。南三复嘴上答应，但就是迟迟不见行动。要说南三复根本没有考虑过窦氏的请求，怕也未必，毕竟窦氏十分美丽，肚子里又有自己的孩子；但真要说娶窦氏，南三复又觉得窦氏的门第太低微了，根本就配不上自己。正在犹豫的当口，某大户托媒人上门向南三复提亲。南三复听媒人说对方不但长得很美，嫁妆也很丰厚，于是就下定决心，断绝与窦氏的来往，准备迎娶新妇了。

就在南三复准备婚礼的时候，窦氏生下了一个男孩。在观念极其保守的古代社会，未婚生子绝对是一件天大的丑事。窦氏自己狼狈不堪，窦廷章就更是觉得家门不幸，在众人面前羞臊得抬不起头来，满腔的怒火一股脑地发泄在女儿身上，于是毒打女儿，逼她说出男方的名字。窦氏说是南三复，并说南三复已经答应娶我。

窦廷章听说是南三复干的，顿时也就明白了当初南三复为什么左一趟右一趟没事就往家里跑了。窦廷章放了女儿，托人告知南三复，要南三复为此事负责。窦廷章不是窦氏那样的少女，他知道两家的门第悬殊，南三复未必真的会娶其女为妻，但在他看来，承认此事是他做的，将女儿收留，纳为侧室，应该不是什么难事。毕竟女儿长得不丑，并且还给他南家生下了一个男孩。

哪知南三复矢口否认。

窦廷章回来，把窦氏生下的孩子扔到外面，越发毒打窦氏。窦氏被折磨得受不了，私下里求女邻居带话给南三复，南三复置若罔闻。半夜里窦氏偷着从家里跑出来，到外面找到孩子，发现还活着，于是抱在怀里，来到南三复的门前，求看门人捎话给南三复，说你只要说一句话，我们娘俩就都可以活下来。就算你不怜惜我，难道你就不怜惜你自己的孩子吗？看门人把这话传给南三复，南三复不但置之不理，还告诉看门人，无论如何不要放窦氏进门。可怜的窦氏，抱着初生的孩子在门外哭了半夜。天快亮的时候，窦氏不再哭了，大家近前一看，窦氏，还有怀中的孩子，都已经一命呜呼了。

窦廷章知道女儿死去，一纸诉状把南三复告到官府。

我们不知道窦廷章的状纸是怎么写的，但翻看《大清律》，其罪不外两条：

一是"刁奸"。

假如南三复只是对窦氏始乱终弃，现代法律对他是没有什么办法的，毕竟窦氏出于自愿，南三复并没有对她使用强力。但在清代，南三复的行为却是不折不扣地触犯了刑律。按照那时的法律，凡是没有夫妻关系的人生活在一起，都有一个共同罪名叫作"犯奸"。当然，具体的情形不同，名目和惩罚的力度也不一样，对此，《大清律》"犯奸"门有着明确的规定："凡和奸杖八十，有夫者杖九十，刁奸者杖一百""其和奸刁奸者男女同罪"。所谓"和奸"，就是今天所谓"通奸"；所谓"刁奸"，就是今天所谓"诱奸"。南三复对窦氏，正合所谓"刁奸"的条件。

二是"杀子孙"。

按照《大清律》的规定："奸生男女责付奸夫收养"，也就是说，对于他和窦氏的孩子，他是有抚养的义务的。是南三复的不闻不问，直接导致了孩子的死亡，对于这一条，完全可以参照刑律"人命"门"杀子孙及奴婢图赖人"条的规定，给予杖七十徒一年半的惩罚。

这两条加起来，杖一百七十，徒刑一年半，如果认真执行，南三复基本上也就没什么活路了。

那么，官府是如何处置的呢？

答案是：南三复花了一千多两银子，竟然逃脱了法律的惩罚。

再后来，南三复还是娶了那个大家千金。

那么，窦氏就这么白白地死去了吗？

当然不会。蒲松龄怎么能容忍这种事情在自己的笔下发生呢？窦氏死后，阴魂不散，结婚之前，女方家就梦见窦氏披头散发抱着孩子前来警告，说你们谁要是答应了和南某的婚姻，我就一定要把她杀死。这家人无视窦女的警告而依然与南三复结亲，而婚后窦氏的阴魂也果然总是在南家盘旋。自从来到南家，新妇就愁眉不展，以泪洗面，没过多久，就以自杀结束了自己的生命。

第二个妻子死后，大家都在议论着南三复负心以及窦氏复仇的故事，附近的人家，也就再没有谁敢，也没有谁肯把女儿嫁给这样一个人了。不得已，南三复只好到百里之外聘了曹进士的女儿为妻。还没到结婚的日子，曹进士的女儿忽然自己来了，一进门就躺在南三复的房间，用被子盖着面孔。晚上，南三复掀开被子，发现女人已经浑身赤裸地死去，并且这个女人也不是曹进士的女儿，而是同乡姚举人家刚刚下葬不久的女儿。原来，姚举人的女儿死后，因为陪葬丰厚，引起了盗墓贼的注意，当天晚上坟墓就被盗，尸体也不翼而飞。如今竟然在南三复家被发现，南三复自然躲不了干系。姚举人很生气，把南三复告到官府。官府因为南三复屡次三番做出有悖常情的举动，就以盗墓之罪，判处了南三复的死刑。

这个故事，无疑会给我们带来很多思索。

首先，放下对于窦氏的同情，从窦氏自身，我们也可以找到造成这个悲剧一些因素。南三复来到窦家，窦氏有意无意地在南三复眼前反复徘徊；南三复注意到了窦氏，一双眼睛在窦氏身上打量，窦氏的反应不是回避，而是低头微笑，引动了南三复的觊觎之心。窦氏为什么如此？不客气地说，她的潜意识里，也许是有抓住机会嫁入豪门的想法的。爱慕虚荣的想法，是导致她悲惨命运的原因之一。窦氏的教训，即使在今天也还有普遍的教育意义。一些女孩子，以为那些成年男人随口说出的许诺就是自己一生幸福的保证，这样的想法是非常危险的。

但我们更要说的是，在这个问题上，南三复要负的责任无疑更大。一个小女孩的爱慕虚荣虽说是问题，但作为一个成年人，既然你接过了这杯茶，就要对人家负责任，因为你毕竟是成年男子，在心智上要比对方远为成熟。但南三复是怎样做的？他是一步步在负心悖德的道路上越走越远，最后一直走到了灭绝人性的境地。他最初与窦氏的交好本来就没有多少诚意，否则为什么要等人家的父亲不在家的时候偷偷与之约会呢？再到后来，他果然决定要与高门大姓的女人通婚。到现在，我们已经替窦氏不平了，但站在那个时代，南三复此时也还没有走到人情所无法理解的程度，因为在讲究门当户对的时代，以他名门望族的出身，娶一个农户的女儿是得不到家族与社会认同的，在这一点上，我们倒不一定要站在今天的立场上说他应该如何如何。但是，古代是一夫一妻多妾制的社会，他完全可以纳窦氏为妾，那时的制度还是给了他解决问题的渠道的。但是他没有。他让窦氏怀上了自己的孩子，而后选择死不认账。这就已经走到背信弃义的可耻境地了。再到后来，窦氏抱着和他生下的儿子在门外哭了半夜，这时，哪怕他的心中还残存着一点恻隐之心，也会开门接纳窦氏的；就算是不开门接纳，给他们一些钱，找一个地方让他们孤儿寡母容身，也还是轻易能做到的吧。但是他也没有。听任一个女人，而且是与自己有着肌肤之亲的女人在门外哀哭而死，这是怎样的一种残忍与绝情啊？这时的南三复，已经达到了灭绝人性的程度了。

是什么造成了窦氏的悲剧？有人说，是古代社会人与人之间悬殊的社会地位与财富差距。南三复之所以不考虑和窦氏结婚，说来说去是因为她只是个佃农的女儿，如果她有着后文中提到的曹进士女儿那样显赫的身世，则南三复高攀还唯恐高攀不上，又怎么会遗弃她？也有人说，窦氏的父亲也有很大的责任。无论如何，窦氏都是自己的女儿，事情既然已经发生，就该和女儿一起面对，一味地痛骂、夜以继日地毒打，还把窦氏刚生下来的孩子扔掉，这显然不是个合格的父亲，女儿的死，也不能说与他没有关系。还有人说，说到底，窦氏的死，是因为过去森严的礼教，如果不是那时代森严的礼教给了窦氏父女大山一样的压力，事情也未必会如此。又有人说，窦氏自己的轻率也是悲剧发生的重要原因。在古代社会，婚姻是"合二姓之好，上以事宗庙，下以继后世"的大事，婚姻的缔结，需要父母之命、媒妁之言，还需要纳采、问名、纳吉、纳征、请期、迎亲等复杂的程序，其目的，就是要保证婚姻的严肃性。我要说的是，这些说法都有道理，但归根结底，还是因为人性的缺点，南三复这样的坏人，过去有，现在有，未来也不会绝迹。在《窦氏》中，蒲松龄借助鬼神的超自然的力量，让窦氏这个柔弱的女子完成了复仇，实现了现实生活中所达不到的正义，但在现实中，"我死之后，必为厉鬼"却只能是一厢情愿的幻想。套用《窦娥冤》中的话来说，你纵有"一腔怨气喷如火"，也感不出"六出冰花滚似绵"。对于大多数女孩子来说，白居易在一千多年前在《井底引银瓶》中所说的"寄言痴小人家女，慎勿将身轻许人"，或许仍然是最好的忠告。

画皮

# 画 皮

在满纸都是花妖狐媚与人间书生恋爱故事的《聊斋志异》中，《画皮》算得上是一个异数。

说它是个"异数"，首先在于它的题旨。《聊斋志异》中，大多数书生与狐鬼之间的故事，都是隶属于爱情题材的，抒发的是作者浪漫的情感遐想。但《画皮》不然，它基本上就是一个关于家庭生活的寓言，因为寓言最大的特点，就是前边的故事是为了说明最后要阐明的那个道理。在《画皮》中，前边的故事是王生不顾结发妻子的反对，将一个披着美人皮的恶鬼带回家，结果被剖胸取心，后来还是妻子含垢忍耻，求人将其救活；而那个道理就是篇后的"异史氏曰"说的："愚哉世人！明明妖也，而以为美。迷哉愚人！明明忠也，而以为妄。然爱人之色而渔之，妻亦将食人之唾而甘之矣。天道好还，但愚而迷者不悟耳。可哀也夫！"天道好还，那些好色之徒调戏别人的妻子，自己的妻子也一定会被别人占了便宜。像王生这种人，人妖不分而不听劝告，到处渔色，真是愚蠢到家了，他们迟早会因为自己的愚蠢而付出代价的。

与王生愚蠢好色形成鲜明对比的，是王生妻子陈氏的光辉形象。她的可贵是随着情节的进展而逐步展现的。当丈夫带回一个来历不明的女人时，她提出自己的忧虑。她的忧虑不是因为对另一个年轻女人的嫉妒，而是出于对丈夫安全的考虑。再往后，当画皮鬼出现在寝室门口，王生吓得躲在床上连看一看门外的勇气都没有的时候，又是陈氏从门缝里向外张望，将画皮鬼的行迹报告给了王生。故事的最后，王生的心脏被画皮鬼挖去，为了丈夫的生命，又是陈氏含羞忍耻，抛头露面，在闹市中被乞丐戏弄，最终挽救了丈夫的生命。智慧、勇敢、隐忍、为丈夫全心全意地付出，在陈氏身上，女性的美德可以说是被体现到了无以复加的地步。站在女性的视角，我们可以说，《画皮》一定是最受妻子们欢迎的作品之一，因为它完全可以看作是劝那些花心男人向家庭回归的一篇箴言：不要在外拈花惹草，因为那个来历不明的她可能会要了你的性命；珍惜你的结发妻子，她才是那个在你危难的时候挺身而出，不顾一切拯救你的人。在这个意义上，直到现在，《画皮》的意义也还完全没有失去。当然，超自然的妖魔鬼怪是不存在的，但比喻意义上的画皮鬼却依然存在，她们当然不能将你的心肝挖去，但人财两空、身败名裂的后果，比起心肝被挖去，那危害性却也小不到哪里去。

　　说《画皮》是个"异数"，还在于它的美学取向不同。《聊斋志异》中，多数书生遇到的花妖狐魅都是善良多情的，但王生遇到的，竟然是一个掏心恶鬼。想想吧，每天朝夕相处、与你有肌肤之亲的美貌佳人竟然是浑身翠绿、齿牙如锯的掏心恶鬼，这种极富感官刺激性的对比想一想就令人不寒而栗。

　　那么，为什么蒲松龄会在《聊斋志异》中加入《画皮》这样的作品呢？最大的可能，是蒲松龄凭着他敏感的文心，已经意识到了恐惧在审美中的独特作用。人心固然追求安逸舒适，但很多时候，却又常常主动寻求冒险与刺激。对于这一点，现代生理学给出了合理的解释。原来，影响人情绪的两种主要物质就是多巴胺与内啡肽。多巴胺是大脑中产生的让人感受愉悦和成就感的化学物质。针对恐怖刺激的研究表明，恐怖的刺激会使被测试者的多巴胺分泌增加，出现心跳加快、皮肤出汗等反应，并带来刺激与兴奋感。内啡肽则是脑下垂体分泌的类吗啡的生物化学合成激素，当机体遇到伤痛刺激时，机体就会释放出内啡肽，它能让机体产生如接受吗啡、鸦片剂一样的止痛和欣快感，作用等同天然的镇痛剂。针对恐怖刺激的实验表明，人在接受恐怖刺激时，机体会和受到伤害一样地释放出来内啡肽，这就使得被测试者能够感受到轻松和愉悦。蒲松龄当然不懂得这些科学道理，但他已经从自己过往的体验中认识到了恐怖故事在内心引起的微妙的变化，并在自己的文学创作中成功地运用了它。

所以说，尽管《画皮》貌似异类，但却是《聊斋志异》中不可缺少的组成部分。它的加入，使得《聊斋志异》中的花妖狐魅故事避免了因同质而显得过于单调，让整部书呈现出更加丰富多样的美学风貌。

# 霍女的选择

霍女是一个美艳绝伦而来历不明的神秘女子。在《霍女》这篇作品中，她先后和四个男人共同生活过，而对这四个男人的态度是迥然不同的。

第一个是土财主朱大兴，她给他带来的是倾家荡产的灾难。朱富裕而吝啬，唯一能让他大把掏银子的就是漂亮女人。那一次，她伪装成夜间独行的少妇，跟从朱大兴来到家里。一到家，便不是今天吃鱼翅就是明天吃燕窝，还要每天喝一碗参汤，十几天唱一次堂会，绫罗绸缎四时常新。不到一两年，就把朱大兴弄得家道败落。

第二个是豪强何某，她给他带来的是短暂的麻烦。她的到来，首先是在滞留何家的那几个月让何某耗费无度，然后是因朱大兴告他收容逃妾而差点官司缠身。若不是一个姓顾的书生劝何某把霍女送还朱大兴，何某的结果恐怕也比朱大兴好不到哪里。

第三个是贫穷落拓但蕴藉潇洒的黄生，她带给他的是从精神到生活上的幸福。一到黄生的家里，霍女便一改往态，每天早早就起床操劳，比一个能干的农妇还勤快。在随后的几年里，她和黄生琴瑟和谐，感情甚笃，并用自己的狡黠给黄生带来了一笔意想不到的财富。在离开黄生之前，她还为黄生娶了一个美丽而贤惠的媳妇。

第四个是富商的儿子，她放了他的鸽子，坑了他一大笔钱。那次，霍女与黄生乘船外出，被富商的儿子看到。富商之子惊异于霍女的美丽，于是开船尾追上黄生，提出要买霍女为妾。黄生不肯，但霍女硬是主张让黄生把自己以一千两银子的价格卖给了富商之子。银子交接完毕，霍女登上了富商之子的大船，随即消失在湍急的江流之中。黄生上岸，正在思念霍女之际，霍女却已经回到他的身旁，娇唤"黄郎"。

能够有美人主动投怀送抱，又且为其赚了一注数额巨大的银子，已经是让众人称羡不已的美事。但蒲松龄为笔下书生设想得更加周到。霍女虽然容貌美丽，但毕竟原来已经失贞，且又行踪诡秘，何况怕还要继续投身于"于吝者则破之，于邪者则诳之"的事业，让她做黄生的妻子显然不合适。于是，蒲松龄再次让黄生在非常不情愿的情况下，服从了霍女的安排：娶张贡士颇为婉妙的女儿阿美为妻。聘金百缗是霍女出，亲事是霍女操办，黄生只是极不情愿地坐享其成。就这样，黄生在一个女人那里得到了另外一个新的女人，而全然不必承担一丁点喜新厌旧的骂名。比这更周到的是，为了怕自己的存在影响黄生和新婚妻子的感情（这并非过虑，因为黄生的妻子阿美就有霍女再来嫡庶难明的忧虑），从此霍女竟然隐身而退，再也不出现在黄生夫妇的面前。

在《聊斋志异》所有的爱情故事中，除《霍女》以外，没有其他任何一位为蒲松龄正面肯定的书生会爱上一位少妇；也没有一个为蒲松龄正面肯定的女人会爱上自己丈夫之外的男人。蒲松龄笔下的书生不是兰陵笑笑生笔下的西门庆，在《金瓶梅》中，西门庆几乎只喜欢别人的女人，这也是西门庆古今都格外受人诟病的一个重要原因；而李瓶儿对西门庆矢死靡他、柔情万千却最终难以获得多数读者的同情，也无非是因为她厌弃了自己那原本就只配被厌弃的原配丈夫。个中原因很简单，婚姻内部的性爱，在那个时候是受到严格保护的。但在《霍女》的阅读过程中，古今的读者似乎都忽略了霍女是少妇也就是已经有主的女人这一事实而毫无保留地对霍女的所为表示赞同。但细加分析，却又能发现，这个看起来非常特别的艺术形象，仍然贯穿着典型的古代道德准则。霍女之所以能够周旋于几名男子之间而仍为读者接受，黄生之所以收容了别人的逃妾而不为人诟病，是因为他们的结合有如下三个特殊的所在：

　　一是霍女的身份神异。从作品开头到结尾，我们对于霍女的家世身份都一无所知。她是以一个出逃少妇的身份出现在她的三个男人面前的，关于她我们只知道这么多。但随着情节的推进，连这仅仅知道的一点也变得动摇起来：以一个普通少妇，如何能够在疾驶在滔滔江水上的两艘反向而行的船上来去自如？她的父亲和两个兄弟都貌若天神，行踪诡秘，不可窥测。而霍女最后的露面更是神龙见首不见尾：

　　　　后阿美生子，取名仙赐。至十余岁，母遣诣镇江，至扬州界，休于旅舍，从者皆出，有女子来，挽儿入他室，下帘，抱诸膝上，笑问何名，儿告之。问："取名何意？"答云："不知。"女言："归问汝父当自知。"乃为挽髻，自摘髻上花代簪之，出金钏束腕上。又以黄金内袖，曰："将去买书读。"儿问其谁，曰："儿不知更有一母耶？归告汝父：朱大兴死无棺木，当助之，勿忘也。"老仆归舍，失少主，寻至他室，闻与人语，窥之，则故主母，帘外微嗽，将有咨白。女推儿榻上，恍惚已杳，问之舍主，并无知者。数日，自镇江归，语黄，又出所赠，黄感叹不已。及询朱，则死裁三日，露尸未葬，厚恤之。

　　来无影去无踪，更兼未卜先知，则霍女定非尘世中人可知。既然不是尘世中人，则当然也就不可全然以尘世的礼数来约束她。

二是霍女虽然身为少妇，但其所属不明。最初朱大兴得到她的时候，她已经是少妇，而且她的丈夫是谁我们也不知道。随后她又和何某有过几个月的短暂相从。她到黄生那里的时候，已经经过了好几个男人。作者为什么不把霍女与那几个男人的交往过程颠倒过来，写成她最初跟从黄生，待到帮助黄生得到财富和可以为他生下儿子的人间的妻子之后再分别用自己的美色做诱饵，让朱大兴和何某为自己的好色遭遇麻烦？作者这样设计的目的只能有一个：即使以最苛刻的传统目光来衡量，说黄生与少妇有染多少不符合礼数，但至少，黄生并不是使霍女失贞的那一个。这就好比一件物品，当初的来历就不分明，在经过若干人之后，产权就更不明晰了，在这样的情况下，那比较后得到那东西的人将这件东西保留，纵然不是理所应当，但至少不应该过分苛责。

三是黄生对待霍女的态度。单就对霍女的迷恋程度来讲，朱大兴和何某对霍女都十分迷恋，但这几个人有明显的分别。朱大兴本来就是好色之徒，作者一开始就这样介绍朱大兴："朱大兴，彰德人，家富有而吝啬已甚，非儿女婚嫁，坐无宾，厨无肉。然佻达喜渔色，色所在，冗费不惜，每夜逾垣过村，从荡妇眠。"他得到霍女的经过是："一夜，遇少妇独行，知为亡者，强胁之，引与俱归。"何某为人豪

69

纵，明知是朱大兴的逃妾，然而面对朱大兴的索要竟不以为意，反而欲借自己的权势与朱大兴打官司。黄生则不同。其为人是"怀刑自爱"，霍女夜半投奔，他是"惊惧不知所以，固却之"，只是在霍女无论如何不肯离开的情况下才接受了她。并且，由于朱大兴和何某都不再坚持一定得到霍女，黄生和霍女的关系等于是得到了她从前主人的默许。

就这样，蒲松龄通过一系列的手段为黄生和一个有夫之妇的感情在情理上铺平了道路。问题是，蒲松龄为什么一定要如此费尽周折，一定要设计出一个书生与少妇的感情故事？一定要让一个女人用自己的色相为诱饵对其他几名男子进行惩罚？用但明伦的话说就是霍女那种"于吝者则破之，于邪者则诳之"的行为虽然"真快人心，然干卿何事，而必舍己身以破吝人，自数易其主也？"

然而这正是《霍女》在《聊斋志异》中独特的意义所在。从实际所得的层面看，霍女给黄生带来的无非两点：一是美色的享受，二是丰厚的钱财。霍女在与黄生结合前有无和其他男子的沾染，和黄生的实际所得并没有什么干系。但如果去掉了那些黄生之前的男子，则《霍女》也就和《聊斋志异》中的其他典型艳遇故事没有任何区别了。在《聊斋志异》中，这种书生靠自己的才华开启了爱情之门的同时也开启了财富之门的故事太多了：《阿纤》《黄英》《白秋练》，等等。这些故事的梗概大致可以归结为：穷寒书生独卧孤斋，美貌女子不请自来，照顾书生生活起居，带给书生意外之财。这正是蒲松龄身为落拓寒士，希望以美貌女子的垂青补偿自己现实生活中的种种失意，以及希望改变自己经济处境的写照。但这类故事显然还不能满足蒲松龄的要求。因为这一类故事再多写几个，也只是写出了自己的梦想，而没有反映出书生在女子心目当中的独特价值；而要体现这种独特价值，就一定要有所比较。虽然《聊斋志异》中也写到了女性对富有才华的清寒书生的垂青，也写到了对其他类型的男子的鄙弃，但那毕竟是一种横向比较，不够直接。而霍女和几个男子共同生活的经历则正弥补了这种遗憾。《霍女》再清楚不过地表明了蒲氏情场规则：只有黄生那样蕴藉潇洒的书生，才配得到年轻美貌的女子的青睐，才有资格得到她们在经济上的帮助。金钱和势力在她们面前是没有什么用处的，朱大兴有钱，何某有势，然而这些世俗的东西在霍女那里没有任何意义：他们还不是被霍女嗤之以鼻、弃如敝屣？在某种意义上，我们可以断言：就为落拓寒士写心的层面上，《霍女》实在是类似题材中所能发出的最尖锐的声音。

# 美学的奇迹

一般说来，鬼怪故事引起的情感体验是恐惧而不是愉悦，它是把人们吓住了而不是把人们感动了。所以，在西方，鬼怪故事被单独列出，认为它不具备严肃文学的价值。但是，在阅读《聊斋志异》时，我们却经历了一个美学的奇迹。古代的绝大多数鬼怪故事因为科学的进步而显得苍白异常，但《聊斋志异》却经受住了时间的考验而持久地感动着我们。

这首先应该归因于中国鬼文化的独特传统。与世界任何国家的鬼怪一样，中国的鬼怪也是与死亡联系在一起的。这种联系使得鬼怪自然就带有一种阴森恐怖之气：怕鬼说到底就是怕死。但中国的鬼文化又有着自己的特点。离开这个大的文化的背景，《聊斋志异》的出现就是绝对不可思议的现象。

与欧洲鬼文化的一个简单对比可以更清楚地看出中国鬼文化的特征。欧洲文化中的鬼是作为一种不可理解的异物出现的，它不具有现实意义，是一种象征性的符号，因此也就不必具有像人那样的性格特征，不必对它作出人情的分析。由此带来的欧洲鬼怪小说的美学追求就必然是恐怖与怪诞。古堡幽灵是欧洲鬼怪小说的经典形象。它的为害于人是它的性质使然，而不是人可以理解的理性的因素。它既不具有认识上的价值，也不具有道德的价值，而只是昭示着死亡神秘的力量，引起一种从头皮到脚底的战栗。但中国文化中的鬼怪就不同了。中国文化有一种对于现实人生的执着，这种执着使得她的艺术也无不是以现实人生为终极关注。鬼怪小说也不例外。中国不但按照人的世界构筑了鬼的世界，同时也将人性赋予了鬼。这样一来，中国文化中的鬼虽然也因与死亡的联系而有一定的恐怖色彩，但这种恐怖却因为鬼与人之间更大的相同性而被消解了不少。一言以蔽之，中国的鬼怪小说写的虽然是"鬼话"，但其意旨，却正在人间。

在《聊斋志异》中，人鬼之间似乎没有什么不可超越的界限。人死后固然可以变成鬼，但鬼也可以通过某些特别的手段变成人。在《聊斋志异》中，鬼变人的方法有很多。比如借尸还魂。用这种方法获得人的生命形式的，我们可以举出《莲香》中的女鬼李氏和《小谢》中的小谢与秋容。李氏深爱桑生，然泉下人的身份每每让她感到自卑，鬼身上的过重的阴气对桑生造成的伤害也让她难以自安。她的愁闷抑郁随风荡漾，却在无意中因亲附章家少女新死的尸体而获得了人的生命。小谢与秋容也是用这种方法获得了人的生命，不过要稍微复杂一些：她们必须吃下一道仙人画的特别的符。再比如借生人精血。与借尸还魂相比较，它稍显复杂，并且所需要的周期要长一些。但它也有一个好处，就是不必假借他人的躯壳，保证"原装正版"。这一方法是在《连琐》中提出的。具体的方法是，先喝若干天（一般要几个月）的稀粥，待白骨有了些微生意以后，便与男子交媾。交媾以后，用同一男子的血滴进肚脐之中。百天之后，便可掘墓开棺，大变活人了。有时，仅仅是和生人生活在一起，并吃一些人间的伙食如稀粥，也可以变得与生人基本无异，如《聂小倩》中的女鬼聂小倩。穿龙宫衣也能使鬼魂魄坚凝，《晚霞》中的晚霞与蒋阿端用的就是这种方法。但后两种方法都不够彻底，比如他们就不像生人一样有影子。诸如此类的方法还有很多，比如粘符于背（《伍秋月》），等等。

他们生活的环境也没有什么不可逾越的鸿沟。鬼固然可以出入人间，但人在一些特别的机会下，也可以到地府游历一番。《聊斋志异》中那些最富有诗意的篇章多与出入于人间和泉壤之间的鬼魂有关。如《连琐》。连琐十七岁客死泗水之滨，幽情苦绪无法自解，遂常常在古墓杨林之间游荡，并吟诵着自己以全部的孤寂与凄凉凝成的诗句："玄夜凄风却倒吹，流萤惹草复沾帏。"感于书生杨于畏的才情与对自己的理解，遂现身于他的书斋之中。以生人的身份出入泉壤的则有《伍秋月》中的王鼎。王鼎做梦，每每有一个绝色的女郎来荐枕席，醒来以后却往往失去了少女的踪迹。王鼎于是假寐以待女郎之来。女郎来后，王鼎骤然开目，则女郎宛然在怀。她就是名儒之后伍秋月。一天，王鼎忽然问伍秋月："冥府中也有城郭吗？"伍秋月回答和人间没有什么两样。然后就用自己的唾液涂在王鼎的眼睛四周（这是为了让他的眼睛能看清阴间的东西），带着他作了一次地府之旅。

《聊斋志异》中的鬼基本上没有被当作不通人情的异物，他们的行动、意念大多是可以以人间的理念来理解的。人最害怕的东西就是他不知道的东西；人对死亡的恐惧最大的原因就是人对于死后世界的无知。欧洲文化中的鬼之所以显得特别恐怖，其最大的原因就在于欧洲人紧紧抓住了不可知来做文章，想方设法来强化鬼的怪诞与不可理解；但中国人却把鬼想象成为和人具有同样感情爱憎的另外一种"人"。人间的一切道德伦常在鬼的世界中都存在，人间的一切喜怒哀乐与悲欢离合也同样占据着鬼的情感世界。鬼甚至可以和人一样生孩子，《聂小倩》中的女鬼聂小倩就为她人间的丈夫生下了两个儿子；鬼也可以生病和死亡，《章阿端》中的女鬼章阿端就因生病而死去。用作品中的话解释就是："人死为鬼，鬼死为聻，鬼之畏聻，亦犹人之畏鬼。"除了有形无质，没有影子，体温偏冷，少食火食以外，这和人还有什么区别呢？

　　汲取传统的鬼文化的人性化优长，是《聊斋志异》成功的一大根本原因。但任何一部伟大作品的成功都不会源于对传统的简单继承，否则它就无法与那些扎根于同样文化土壤上为数众多的平庸之作区别开来。中国的鬼文化可以说十分发达，谈狐说鬼的作品很是不少，但真正让人难忘的，却寥寥无几。造成这种情况的原因，可以归结为两点：第一是过于强大的实用文学观念；第二是传统文体观念的束缚。而《聊斋志异》在两个方面都有所突破。

　　中国有着悠久的实用文学传统，而在儒家成为官方哲学以后，这种传统更得到了全面的强化。在正统文学观念中，突出的是动辄将文学与经史相比附，强调所谓"文以载道""文以明道"，似乎文学不担负起伦理教化的功能就简直不配存在。伦理对于文学的统摄不仅包括了传统的诗文，也包括了非正统的戏剧小说；不仅对于写人间的题材有效，也应该贯彻到写鬼神的非人间题材当中，于是中国的鬼怪就因其由恐怖而带来的震慑作用而被用作了惩恶劝善的有力工具。释道两家的实用文学观念也同样强烈。道教徒如干宝作《搜神记》，其目的在于"发明神道之不诬"；佛教徒如刘义庆作《宣验记》，王琰作《冥祥记》，其目的也无非是"记经像之显效，明应验之实有，以震耸世俗，使生敬仰之心"（鲁迅《中国小说史略》）。总而言之，都是把文学当作宣扬某种观念的工具。文学的最大特点本来应该是它的自足性，它如

聂小倩

果对社会道德或人生信仰起作用的话，也应该是以"无为而无不为"的方式来起作用的。单纯把文学当作宣传某种观念的工具，则它与所宣扬的观念同朽，就在意料之中；诉诸迷信带来的恐惧打动人心，则其影响力随着科学进步而日减，便不在情理之外。而这，正是绝大多数鬼怪类文学作品的命运。

《聊斋志异》中也有谈因果报应的，而且数量颇为不少，但它被人们记住和重视的，却并不是这些。在那些最优秀的篇章中，作者往往能把观念性的东西抛开，而全力进入感情——文学的核心要素当中。《聊斋志异》中的很多作品，像《宦娘》《连琐》《婴宁》《公孙九娘》等，都可谓文学史上最出色的篇章，文言小说高不可及的典范。任何人在读过这些篇章以后，都会有一种心灵盈溢的感觉。但是当我们细细梳绎这感觉，想从这之中得到些什么的时候，却发现除了一种情绪以外，什么也得不到。如《宦娘》，写温如春嗜琴成癖，在高人指点下，琴艺冠绝当时。一次投宿荒村，见到貌逾仙人的女鬼宦娘。温如春以自己的琴艺打动了宦娘，但宦娘却因为自己的幽冥身份无法答应温如春的求婚。温如春带着怅惘的心情离去。为了报答温如春的眷顾，也为了弥补自己心中的遗憾与歉疚，她费尽周折，促成了温与良工的姻缘。在故事的最后，良工与温如春终于知道了全部秘密。而宦娘在吐露心曲之后，也便留下小像，出门而没。整个故事，正如同冯镇峦所评，所谓"串插离合，极见工妙，一部绝妙传奇"。但是，这个故事究竟想告诉我们什么呢？我们又能从中得到什么所谓"有用"的东西呢？没有。除了一种怅惘和迷茫，一种忧郁与哀伤，什么也没有。它没有为我们提出任何实际问题，也没有解决任何问题。它只是贡献给了我们一个曲折的故事，使我们感到了一种无法确指而又十分真切的情愫。冯镇峦在这则故事的最后用唐人旧句"曲终人不见，江上数峰青"来形容它给人的那种渺茫不尽的感觉。冯评确有点睛之妙。因为这则故事的确具有音乐的特质，那就是你可以感受到它的美妙，但又什么也抓不住。它是纯粹的艺术，是自足的存在，它无法在我们任何具体的经历中坐实，但又确实指向了生命中常有的那种混合着感伤、哀愁与怅惘的感受。

《聊斋志异》的又一突破是在文体方面。在古代，鬼怪故事的文学载体主要是作为小说门类之一的"志怪"。中国传统的"小说"观念与今天我们认为的"小说"其实是有着很大的差别的。为传统所公认的"小说"观念是班固在《汉书·艺文志》中提出的，所谓"小说家者流，盖出于稗官，街谈巷语，道听途说者之所造也。孔子曰：'虽小道，必有可观者焉，致远恐泥，是以君子弗为也。'然亦弗灭也。闾里小知者之所及，亦使缀而不忘。如或一言可采，此亦刍荛狂夫之议也"。这就是说，小说应该是介于子史之间而更接近于史的一种文体。在尊重传统的中国人看来，志怪既然属于小说，自然就该遵守"小说"的一般特征，即强调实录，不容虚构——鬼神之类的东西，古人是信其实有的，而并非出于虚构。这样一来，虽然志怪之风盛行，但大多数作品呈现出简略荒怪的特征也就是意料之中的事情了。《聊斋志异》却不是这样。从其构成来看，其间既有文笔简洁、粗陈梗概的短篇，又有驰骋想象、描写委曲的长文；从其书名"志异"以及载记内容来看，它本应属于"志怪"，但其所用笔法却又显然属于另外一种文体"传奇"。乾隆年间的大才子兼学问家纪晓岚正是在这个意义上对《聊斋志异》进行批评的。他说：

> 《聊斋志异》盛行一时，然才子之笔，非著书者之笔也。虞初以下，干宝以上，古书多佚矣。其可见完帙者，刘敬叔《异苑》，陶潜《续搜神记》，小说类也；《飞燕外传》《会真记》，传记类也。《太平广记》事以类聚，故可并收；今一书而兼二体，所未解也。小说既述见闻，即属叙事，不比戏场关目，随意装点。……今燕昵之词，媟狎之态，细微曲折，摹绘如生。使出自言，似无此理；使出作者代言，则何从而闻见之？又所未解也。（《阅微草堂笔记》卷十八）

纪晓岚所说的"未解"是一种委婉语，直白的说法就是"毫无道理，纯属胡闹"。站在学问家的立场来看问题，以传统的目录学分类方法来衡量《聊斋志异》，《聊斋志异》当然就是野狐禅，他这个学界泰斗、《四库全书》总纂官、礼部尚书、协办大学士加太子少保、乾隆爷面前的红人自然看不上眼。殊不知，他所批评的，在今天看来，却正是使《聊斋志异》在众多同类作品中脱颖而出的佳处。当我们沉浸在《聊斋志异》那曲折变幻的故事情节当中，欣赏着那如在目前的艺术场景，倾听着那绘声绘色的人物语言的时候，谁还会仔细分辨这到底是什么著书者之笔，还是才子之笔呢？

# 书生的白日梦

# 泛情主义

"任凭弱水三千，我只取一瓢饮"。《红楼梦》中的贾宝玉怀着失落的心情看过了"龄官画蔷"的一幕后，终于得到了他在情爱方面的顿悟。当宝玉最终确信为他洒泪的人是黛玉的时候，他的泛情主义的崇拜阶段也就结束了。与《红楼梦》相对照，我们在《聊斋志异》中看到的是明显的泛情化倾向，对于《聊斋志异》中的大部分书生来说，只要女人足够漂亮，他们往往并不在乎和他们结合的到底是哪一个。

以《娇娜》中的书生孔雪笠为例。孔雪笠在皇甫公子家做私塾教师，与主家的关系非常和谐。皇甫公子经常宴请孔生，而每次宴请，又一定有一个"红妆艳绝"的丫鬟香奴弹奏琵琶助兴。一来二去，孔生就迷恋起香奴来了。对香奴的迷恋与无法得到的愁绪，使得孔生心绪难平，以至于胸部长了一个巨大的瘤子，非常痛苦。

照理说，能为自己心爱的人相思成病，这感情不可谓不深。但当"年约十三四，娇波流慧，细柳生姿"的娇娜出现在孔生的面前，孔生立刻就移情别恋了。娇娜感受到了这一点，所以在为孔生诊治的时候才不无揶揄地说："宜有是疾，心脉动矣。"娇娜为他割瘤子，孔生因为"贪近娇姿"的缘故，"不惟不觉其苦，且恐速竣割事，偎傍不久"。娇娜走后，孔生再次陷入了相思。不过这一次不是为了香奴：对香奴的思念已经和那个瘤子一起被连根割去了。他思念的是娇娜。这次的相思害得更深："悬想容辉，苦不自已。自是废卷痴坐，无复聊赖。"他确信自己的感情是不会改变的了，因为他深沉地面壁吟哦元稹那象征着海枯石烂也不会改变的爱的名句："曾经沧海难为水，除却巫山不是云。"

但这次的相思害得时间更短。皇甫公子窥知了孔生的心事，于是提出，自己有一个表姐松娘可供孔生婚配。孔生先是推阻，但听说松娘的姿色不在娇娜之下，并且可以先窥伺容貌，再决定是否成婚以后，就非常愉快地同意了。当看到松娘果然"画黛弯蛾，莲钩蹴凤，与娇娜相伯仲"时，于是"大悦，请公子作伐"。成礼之夜，"以望中仙人，忽同衾幄，遂疑广寒宫殿，未必在云霄矣。合卺之后，甚惬心怀"。

类似的例子在《聊斋志异》中还有很多。如《胡四姐》中的尚生，正在书斋静坐，一个"容华若仙"的女人跳墙来到他的面前。尚生大喜，来不及询问姓名，就把她"惊喜拥入，穷极狎昵"。她就是胡三姐。当胡三姐在闲谈中说她还有一个比她更漂亮的妹妹胡四姐的时候，尚生便跪在地上哀求，请求把胡四姐带来。第二天，胡三姐果然把"年方及笄，荷粉露垂，杏花烟润，嫣然含笑，媚丽欲绝"的胡四姐带到尚生面前。尚生狂喜，三言两语之后，胡三姐告辞，尚生便迫不及待地与胡四姐"备极欢好"了。其他又如《红玉》中的冯相如与红玉在相好半年以后，因为冯父的反对而分手，在分手以前，她预先为冯相如看好了卫氏女子以自代……最能体现蒲松龄笔下书生的这种泛情倾向的，无过于《嫦娥》中宗子美的表白了。面对自己那位能装扮成任何古代美人的妻子嫦娥，宗子美喜不自胜："吾得一美人，而千古之美人，皆在床闼矣！"

任何借口说《聊斋志异》是一部"闻则命笔"的故事集而替蒲松龄这种泛情倾向的辩解都是无效的。不错，故事中人物并不代表着作者，但作者的态度却是能从字里行间体会得到的：我们借以判断作者的，正是在这些故事的讲述中所流露的艳羡的态度。

这种泛情的态度在古代乃是一种非常普遍的存在。究其原因，在男权社会中，女性从来就不仅仅是作为女性存在的，在很大的程度上，她们更是衡量男性价值的砝码。这乃是人作为生物的一种遗留习惯。众所周知，为了保证种群的质量不退化，在绝大多数的动物中，雄性在性的权力上都是不平等的。那些个体大、体力充沛、行动灵活的雄性往往可以占有数量众多的异性，而竞争中的失败者往往得不到最基本的交配权。在这个意义上，对雌性占有的数量与质量，就成了雄性力量的最好证明。人类虽然早就从丛林中走出来了，而人在生物界的顶点位置也决定了人已经不再需要靠生物性的进化来保证种群的存在，但作为动物的一种，那曾经关乎种族命运的规律却也不是一下子就能消失的。在现代社会，它主要表现在女性中普遍存在的英雄崇拜、成功崇拜；在古代社会，它就更表现为一种接近生物学的真实：比如作为压倒一切权力的象征，皇帝占有的女人在数量上和质量（主要指女性的姿色容貌）上都是最高的，这种占有甚至成为"礼"被规定下来。作为封建时代的知识分子，蒲松龄对这一点是高度认同的：《毛狐》中那个既没有才华，又没有地位的农夫马天荣就只配得到驼背缩项的妻子，艳遇的对象也只能是一个肤色发红、遍体细毛的毛狐；在《青梅》的"异史氏曰"中，作者更以非常认真的态度说："天生佳丽，固将以报名贤。"这就非常明确地点出，在蒲松龄的眼中，对于美色的占有，首先是一种权力与资格。

男性的这种泛情主义本来就有着生物学的基础，而社会中这种以女性的姿色和数量为衡量男性价值的尺度的传统又对这种泛情主义起到了推波助澜的作用。其结果，就是男性对女性在数量和质量上的追求。那些社会上的成功者需要用女人来印证和炫耀他们的成功，而像蒲松龄这样的自视甚高而得不到社会普遍认同的人又需要用女性来对于自己的社会价值的失落作出补偿：很难说是前者还是后者的需要更加迫切，但二者都没有把女性当作平等的"人"来看待却是相同的。

但是，《聊斋志异》中表现出来的泛情主义与所谓的肤滥荒淫还是有着根本的不同的。最大的差别在于，《聊斋志异》中的书生在迫不及待、往往没有问清楚姓名就和对方发生了云雨欢会后，对于身边的女子，仍然能倍加珍惜，而不是像薄情郎那样往往始乱终弃。在最初动物性的激情过后，我们常常看到，他们真正地相爱了。对于那些往往主动来到他们的书斋和他们约会的女人，这些书生常常充满了深切的感激之情。在这些饱蘸激情的文字背后，我们看到的是蒲松龄对于红颜知己的渴盼：在现实世界饱受精神折磨的他，太需要用女性的美丽与柔情来抚慰自己受伤的灵魂，恢复男性的骄傲和自尊了。面对这些雪中送炭的女性，除了自己的爱与感激，他们无以为报。

这类故事无疑是《聊斋志异》中最浪漫、最具有狂想色彩的。但即使是这种故事中，蒲松龄的那种有点可爱的迂执之气还是可以看得出来。约略举出数端：在这种故事中，女主角一般不是花妖，就是狐魅，基本没有人间的女子。而花妖狐魅既然是异类，就可以多少不用人间的伦理纲常来约束，这就至少在理论上避开了对人间伦理的正面冲击。还有，即使是面对这些非人间的狐鬼，这些书生也还是要坚持一些不易的原则的。比如《娇娜》中，按照我们一般人的想法，既然孔生对娇娜有救命之恩，娇娜的丈夫又已经死去，孔生就满可以把娇娜娶为自己的第二个妻子。但或许是因为孔生认为这样一来就有乘人之危的嫌疑，或许是认为娇娜已经是别人的妻子，这样就破坏了一个寡妇（狐）的贞洁，反正，他们虽然"色授魂与"，但终于没有突破"颠倒衣裳"的底线。也就是说，蒲松龄一面享受着想象世界的自由与浪漫，一面又小心翼翼地努力使这种自由能尽量限制在一定的礼度之内。在很多类似的笔墨中，我们看到了一个在自己的白日梦与迂执的信条之间熬煎徘徊的灵魂。

# 云雨匆匆

在《聊斋志异》中，男女主人公奔赴阳台的速度是惊人的。即使是在观念开放的今天，以下的描写也还是有点让人瞠目结舌：

> 尚生，泰山人，独居清斋。会值秋夜，银河高耿，明月在天，徘徊花阴，颇存遐想。忽一女子逾垣来，笑曰："秀才何思之深？"生就视，容华若仙，惊喜拥入，穷极狎昵。自言："胡氏，名三姐。"问其居第，但笑不言。生亦不复置问，惟相期永好而已。（《胡四姐》）

> 一夕，独坐凝思，一女子翩然入。（桑）生意其莲，承逆与语，觑面殊非，年仅十五六，鬟袖垂髫，风流秀曼，行步之间，若还若往。生大愕，疑为狐。女曰："妾良家女，姓李氏，慕君高雅，幸能垂盼。"生喜，握其手，冷如冰，问："何凉也？"曰："幼质单寒，夜蒙霜露，哪得不尔。"既而罗襦襟解，俨然处子。（《莲香》）

> 一夜，相如坐月下，忽见东邻女自墙上来窥。视之，美；近之，微笑；招以手，不来亦不去；固请之，乃梯而过，遂共寝处。(《红玉》)

> 一夕，(张生)挑灯夜读，忽举首，则女子含笑立灯下。生惊起致问，女曰："感君之情，不能自已，遂不避私奔之嫌。"生大喜，挽坐，遂共欢好。(《鲁公女》)

几乎一切的中间环节都省略了：女人直接就那么跳过墙来，面带微笑地站在书生的面前；而书生也老练得让人惊讶，面对来历不明的女子，没有任何的惊慌与疑虑。三言两语便迫不及待地上床，互通姓名常常是在云雨欢会之后。

以往的论者常常将这种直接得令人惊讶的性爱过程归结为蒲松龄本人在性方面所受到的压抑。人们很容易在这方面找到证据，比如封建时代比较严苛的性禁忌，比如他的教师职业使得他不能每天回家和妻子过正常的夫妻生活。但如果将《聊斋志异》中的云雨匆匆简单归结为性压抑，至少是太粗疏了。因为只要性爱还不能像握手一样普遍，性的压抑就会存在——即使是握手，也远不是那么随心所欲：你走到街上，把手伸向陌生人，不管男女，十之八九会遭到拒绝。况且，认为在封建时代女人受到比今天严苛得多的性压抑是正确的，但对于男人，就不完全是这么回事情了。林语堂在

《中国人》中说:

> 一些西方旅行者提出一些大胆的看法,认为在中国的性压抑相对少于西方。因为人们在日常生活中,比较坦率地接受性的问题。哈夫洛克·埃莉斯指出,现代文明给男人提供了最大的性刺激,也提供了最大的性压抑。从某种程度上讲,性刺激与性压抑在中国都比较少。然而,这仅仅是一半真理。对性问题比较坦率接受的只适用于男性,而不适用于女性,后者的性生活常常受到压抑。……另一方面,男人却没有性压抑,特别是富人家的男子,最有名最受人尊敬的文人学者如苏东坡、秦少游、杜牧、白居易都曾光顾妓院,或纳妓为妾,他们并且坦白地这么讲,并不回避。事实上,为官而又能躲避由歌伎助兴的宴席是不可能的。这并非什么羞耻之事。从明代到清代,南京夫子庙前又脏又臭的秦淮河正是人们饮宴取乐的浪漫场所。地点选在夫子庙宇附近也是非常合适、非常符合逻辑的,因为这里是科举考试的地点。文人学士云集此地参加考试,庆贺成功或安慰失败者,这时都有妇女作陪。

说"男人没有性压抑",当然有些绝对,但我们至少可以说,现代一般的男人所受到的性压抑并不比那时男子更少,因为那时的男人在性压抑方面可得的宣泄渠道似乎比现代男子更多。

所以，性压抑确实是造成《聊斋志异》"云雨匆匆"的原因，但只是大的背景性的原因。更具体的原因，我以为尤在于中国婚前恋爱的一向缺乏，以及聊斋的寒士地位带给他的自卑、不自信。

《聊斋志异》经常写到陌生男女三言两语之后便匆匆上床，并不意味着在潜意识里，蒲松龄就是一个色情狂。其实，如果稍微认真看一下作品的话，就会发现，聊斋的重点并不在性刺激本身。《聊斋志异》中的男女以迫不及待的云雨欢会为他们交往的开始固然不假，但在相识以后，性在其交往之中却并不占什么重要的地位。男女之间的性行为与其说是他们交往的核心，不如说是他们以后交往的基础。比如《红玉》。红玉是主动爬过墙头来和冯相如约会的，这种结合的方式即使在现代人看来，也有几分放荡的意味。但在这不同寻常的出场之后，就变成了极富家常感的记述。她像一个普通的妻子那样每天陪伴着冯相如，在家庭陷入窘境的时候，她"荷铲诛茅，牵萝补屋"，像一个农妇一样不知疲倦地在田间操作。

这种描写在其内在精神上与中国人的传统婚姻有着极大的相似性。中国向来讲究"男女授受不亲"，所以一般的男女在结婚之前是没有恋爱的机会的。夫妻之间的认识是在洞

红玉

房里，在新婚的床上开始的，他们总是先了解对方的身体，然后才是其他。也可以说，与现代的"先恋爱，后结婚"不同，古代的男女一般是"先结婚，后恋爱"的。从书生们见到陌生的女子来到家中并不太惊慌失措，在云雨欢会后才"俱道平生"，而一旦完成身体的结合就不再把性作为相互交往的重点的描写中，我们很容易就能发现中国传统婚姻的影子。至于《聊斋志异》中经常出现的所谓"罗襦衿解，俨然处子"，更是把作者的性爱绮想原来是源于婚姻体验的秘密揭示得非常清楚。

"云雨匆匆"的另外一个重要的原因是蒲松龄的寒士地位。凝视《聊斋志异》，当我们的目光透过那似乎充满着读书人的清高和骄傲的表面文字，就会看到蒲松龄潜藏在意识深处的自卑：骄傲和自卑仿佛是互相对立的两件事情，但有的时候，在一些人身上，这两点常常是一枚硬币的正反两面。在封建社会中，读书人之所以受到社会的广泛尊重，无非因为他们乃是潜在的官僚阶层，一旦青云有路，金榜题名，就可以掌握对其他阶层生杀予夺的权力。但农业社会有限的生产能力注定了熬过"十年寒窗苦"后而能"一朝得意回"的读书人只能是少数。对于那些不幸而青云路断的读书人来说，黄仲则的名句"十有九人堪白眼，百无一用是书生"就成了他们精神状态的真实客观写照。张生之所以表现出非同一般的自信，大胆到主动勾引相国家的小姐，是因为他自信考上个把状元易如反掌，而后来他也果然考上了。但蒲松龄作为科场上的惊弓之鸟，在屡战屡败之后，虽然还不能断然放弃这唯一的一条荣身之路，但在潜意识中，大概对自己将会一介穷秀才终老是早有预感的了。尽管他从来对自己的才华没有发生过丝毫的怀疑，但所谓"一落孙山之外，则文章之处处皆疵"，那不能得到功名的才华又有几个人会看重呢？所以，蒲松龄笔下的书生在爱情生活中总是守株待兔，矜持地等待着女人跳墙过来和他们约会，与其说是清高，不如说是缺乏主动进攻的勇气与自信。

匆忙的性爱文字也显示了《聊斋志异》的寒士特征。明清间，在那些放达的士大夫中，流行的是一种偷情哲学，所谓"妻不如妾，妾不如娼，娼不如偷，偷不如偷不着"；又有某风流巨公说过，世界上最煞风景的事情之一，便是"见美人而急索登床"。他们与其说是对女人感兴趣，不如说是对调情的过程感兴趣。我们说这是无聊也好，荒淫也好，但有一点是明确的，那就是在这之中透露出一种心态上的从容与自信。因为他们知道，自己有足够的时间可以利用，这就好比不太饥饿的猫并不急于吃掉眼前的老鼠，而宁愿先按捺着食欲和它游戏一番。但蒲松龄这样的寒士就不同了。美人的垂青乃是梦寐以求而又千载难逢的，并且他们也没有自信眼前的猎物将永远属于自己。所以他们就得抓紧时间。

　　正是：落拓书生坐孤斋，红颜女子跳墙来。管她是人还是鬼，抓紧时间赴阳台。

# 婴宁的恶作剧（一）

　　婴宁给我们最初的印象是一个天真爱笑的少女。她无疑也是作者最喜欢的人物，因为他亲昵地称她为"我婴宁"，并且觉得用"解语花"来形容她都嫌作态。但这个印象却没能持续多久。在作品快要结束的时候，她以对于西邻之子充满性虐待色彩的惩罚让所有的读者都大跌眼镜。

　　事件应该说是由婴宁而起。婴宁爱花成癖，所以没有多长时间，家中就到处是花了。为了有效利用空间，她在紧靠西墙的地方搭了一个花架，用来摆放木香，并常常爬上去照看。一天，正当婴宁又像往常一样在墙头上摘花的时候，被西邻的儿子看见了。他凝目注视婴宁，婴宁不但没有回避，反而笑着用手指了指墙角。黄昏时分，西邻子迫不及待地赶到墙角，"婴宁"果然在那里。等待他的当然不是什么云雨欢会：西邻子刚刚开始他的好事，就觉得性器像被锥子狠狠扎了一下。他大叫着倒在地上，当晚就疼痛而死。原来，赴约的是一段枯木，相当于女人性器的地方乃是雨水淋注成的孔窍，里面还蛰伏着一只螃蟹大小的蝎子。

西邻子之死在《婴宁》中实在是刺目的一笔。它的出现，使得作品此前营造的那种欢快的气氛一下子荡然无存，而婴宁种种天真的表现也令人怀疑都是故作姿态。正是在这个意义上，很多人站出来批评这一段，说它是《婴宁》中的败笔，破坏了作品的整体风格，降低了作品的艺术价值，等等。站在现代人看艺术的角度，或者可以这样说吧（但古人却不这样看，在后文还要说到）。但如果换一种眼光，从反映聊斋本人的思想潜意识以及其中所透露出的文化信息来看，这看似颇不和谐的一笔却是意味深长，发人深省。

有人说，婴宁对西邻子的惩罚，不过是聊斋"戒荒淫"想法的一种寄托，只是度掌握得不好，让今天的读者看起来有点过分而已。但事情却绝对不是这么简单。

首先，西邻子对墙上婴宁的反应并不过分。如果说西邻子对婴宁产生了什么不该有的想法，那也是婴宁自己造成的。想想看，一个少女，爬在墙头上（何况是自己家的东墙），这难道不是很引人注目吗？如果说西邻子注视婴宁就该死，那么当初王子服见到"容华绝代，笑容可掬"的婴宁后"注目不移，竟忘顾忌"就更该死了。

其次，如果说西邻子初次的约会就欲与"婴宁"探讨巫山云雨不对，那么就请读者诸君看一段《聊斋志异》中绝对是正面人物的行径。《红玉》中，男女主角初次见面的情景是这样的："一夜，相如坐月下，忽见东邻女自墙上来窥。视之，美；近之，微笑；招之，不来亦不去；固请之，乃梯而过，遂共寝处。"冯相如误以为红玉是东邻女，于是有了月下的相招，由此成就了一段与狐女红玉的姻缘。回头来看《婴宁》。西邻子的做法与冯相如没有任何区别，甚至所处的方位也完全一致：都在狐女的西边。凭什么冯相如就得到了红玉的青睐而西邻子就一定要被杀死？

所以，问题的关键绝不是该不该看的问题，而是"谁在看"以及"看的是谁"的问题。

先来看"谁在看"的问题。在《聊斋志异》中，这可绝对不是一个小问题。我们先看几个不仅看了也白看，而且还往往因为看了而得到女郎高看的例子。婴宁的丈夫就是这样的一个典型。当初书生王子服在郊外游玩，一眼就看上了"容华绝代"的婴宁。他"注目不移"的目光一定是非常贪婪的，因为婴宁随后就对跟从在身后的丫鬟说："个儿郎目灼灼似贼"。但王子服却并没有引起婴宁的讨厌，相反，她还丢在地上一朵鲜花，作为赠给王子服的表记。《青凤》中，书生耿去病在席间见到"弱态生娇，秋波流慧"的青凤，也是"瞻顾女郎，停睇不转"，不仅看，而且还悄悄去踢青凤的脚。即使是在现代，在席下踢陌生女人的脚也算是轻薄的行为了，更何况，在明清时期，三寸金莲的私密性简直不亚于性器与乳房。后边的举动就更加放纵了，他借着酒意，

婴宁

竟然拍着桌子大声喊叫:"能有这么个女人在身边,就是给我个皇帝也不换!"可是,这种放肆的举动不但没有让青凤讨厌,还让她十分感动。

看来,其中的秘密,就在于看的人的身份。综观《聊斋志异》,只要主人公的身份是书生,特别是有才华的书生,他们的几乎任何行为,都会受到作者几乎是无条件的宽容。如果这位书生的举止有些放荡,如《胡四姐》中的尚生,作者就会说这是才子风流,是真性情的表现;如果这位书生举止有点出格,如耿去病,作者就会说,这乃是豪侠之气,是潇洒纵逸,未可以常情论之;如果这位书生洁身自好,如《聂小倩》中的宁采臣,那就更好了,作者就会称赞他的品行高洁,是一个坐怀不乱的真君子……中国有一句古话,叫作"人嘴两张皮,反正都是理",在大部分情况下,蒲松龄对他笔下的书生,采取的就是这种态度。相反,如果这个看者不是读书人,那就另当别论了。《婴宁》中的西邻子就是一个不该看的人却去看了而丧命的例子。一般人在阅读《聊斋志异》时常常会有一种困惑,就是蒲松龄在涉及情爱问题时似乎全无标准,往往是在一篇作品中津津乐道的东西,在另外的一篇就可以板起面孔横加指责,这种反复不定的态度往往叫读者无所适从。之所以有这种困惑,原因就是没有看出,作者在写作《聊斋》时,原来是看人下菜碟的。只要我们戴好一副"名士有理"的有色眼镜来看这类作品,保证就不会有任何问题了。

再说"看谁"的问题。《瞳人语》中"颇有才名"的方士栋，在一次游春的时候，见到了一群奴仆拥着一顶小轿向前走去。其中一个婢女，长得特别漂亮。他赶忙又靠近了一些，想再多看几眼。谁知道这个婢女还只是引玉之砖，从打开的轿帘向里看，女主人那种漂亮，简直是超出任何最浪漫的想象。方士栋步步尾随、一眼不肯放松的做法让轿中少女很是生气。那个漂亮丫鬟于是放下轿帘，并生气地说："此芙蓉城七郎子新妇归宁，非同田舍娘子，放教秀才胡觑！"然后抓起一把土扬进方士栋的眼睛里，致使方士栋的眼睛好长时间看不清东西。这就是说，即使是名士，也得分清看的人是谁，至于一般人，套用江湖上的黑话，就更得"把招子放亮些"了。

同是名士，同是看美女，为什么方士栋和王子服的遭遇会有那么大的差别呢？原因就在于他们看的对象身份不同：婴宁是未婚的女人，而方士栋看的则是"芙蓉城七郎子新妇"。这就是说，女人是否婚配，同样是能看与不能看的关键因素。一旦某个美女已经结婚，"名花有主"，也就不能再对她抱有任何非礼的想法了。这乃是《聊斋志异》中最硬的道理之一。《娇娜》为我们明白无误地演示了这个不能变通的规矩。当初娇娜还没有许配吴郎的时候，孔生就可以贪婪地看她，对她的美貌想入非非，而一旦她已经和吴郎结婚，孔生就只能客气地与她寒暄，即使吴郎已死，而自己对她又有救命之恩，最多也只能是不时与她聊聊天而已。其中的奥秘，正如福柯在《性史》上说的：

> （在中古）任何男人，不管他是什么人，结婚与否，必须尊重一个已婚的妇女（或在父母保护下的女孩）。这是因为，她置身于他人的权威之下……他对她们的冒犯更大程度上是与具有驾驭妇女权力的男人作对。

蒲松龄对这个封建时代的禁忌是绝对了解，也绝对服从的。

我们可以根据看的人和被看的人各分成两种情况。看的人可以分成名士和普通人；被看的人可以分成有夫之妇和尚未婚配者。名士看了未婚少女，大半会发生一个浪漫的爱情故事，如《婴宁》；名士看上了已婚妇女，一般会受到一定的惩罚，如《瞳人语》；普通人看上了美丽的少女，那基本是癞蛤蟆想吃天鹅肉，空流口水而已；普通人看上了已婚妇女，则会受到严厉的惩罚，而如果这个妇女的丈夫又恰巧是读书人，那麻烦就更大了。《婴宁》中的西邻子之所以一定要死，就是因为他碰巧属于最坏的那种情形。

# 婴宁的恶作剧(二)

现代读者一般对"西邻子之死"这一段文字评价不高。如赵俪生《白璧之瑕》针对《婴宁》这一段文字评曰:

> 这(《婴宁》)就不仅是《聊》书中的头等品,简直是全书中的尖子了。篇中写人物、写景致,简直是双臻绝妙。但平空又添了"西人之子"一段……自然蒲老书里一直贯穿着一股精神,那就是"惩世"。惩暴,惩贪,惩淫,惩惰,书中随处皆是。此一段,即所以惩淫也。但另一个问题也应该考虑。故事需要谐和,而不允许破坏。蝎毒情节,严重地破坏了婴宁一片天真无瑕形象,这一点,当蒲老"浮白载笔"的时候,是否考虑到过?

这种否定实际上是以如下思维定式为前提的:婴宁本来是一个天真无邪的少女。让一个天真无邪的少女(十六岁)设计出这样一个富有性虐待色彩的恶作剧，实在是不合乎逻辑。它破坏了作品的一致性，玷污了婴宁的形象，所以"西邻子之死"一段不但不足以为婴宁添彩，反倒足以给其抹黑，当然就是"画蛇添足"式的败笔。

认为婴宁是一个天真无邪的少女，肯定是误解了蒲松龄的原意。因为婴宁的表现，实在不是一个"娇痴才如婴儿"的少女能够做到的。譬如王子服初到婴宁家，就对婴宁说了一大堆热烈的话，作为一个待字闺中的少女，她除了装傻以外，还能有什么更合适的做法吗？如果她真的是天真烂漫，胸无城府，又怎么能刚才还似乎对王子服说的夫妻之爱颇不理解，对耳聋的母亲说"大哥欲与我共寝"，而一旦看到王子服紧张的神情，便微笑着停住呢？这只能是有意地戏弄与调情。如果真的是傻，又如何能做到对"房中隐事""殊秘密，不肯道一语"呢？总之，怎么可能以全然无心之天真烂漫，在所有的关键时刻都能糊弄得如此巧妙？

其实，作者自己在文章后所附的"异史氏曰"中早就为我们理解婴宁提供了一条线索。作者说："观其孜孜憨笑，似全无心肝者；而墙下恶作剧，其黠孰甚焉。至凄恋鬼母，反笑为哭，我婴宁殆隐于笑者矣。"这个"隐于笑"实在是关键的一笔。只要我们循着这个思路来看作品，前边所遇到的一切问题就都迎刃而解了。

当初她见到王子服那种痴情的目光，也是颇有意会的，但作为少女，既不能无情而去，又不能激动地走到前面说："我们交个朋友吧"，所以在憨笑的遮隐下丢下手中的花作为表记，乃是最为妥帖的做法。当她与王子服相处一室的时候，正是凭借天真的憨笑，既给予王子服一个无所顾忌地表白心迹的机会，又可以在这种调笑中随时保持主动的地位，终止王子服可能的过头言行。

到王家以后，面对王母"终虑其为鬼"的疑问，除了笑而不答以外，她有什么其他更合适的做法吗？她总不能认真地走到王母的面前，恳切地说"我虽然有一半狐狸的血统，但还有一半是人的血统啊。没有关系的。和王子服结婚，不会对他造成任何伤害的。并且我还可以给他生一个可爱的孩子"吧？她只能"隐于笑"，让王家人在日后的观察中逐渐减少乃至消除对自己的疑虑。

至于以后的不笑，但明伦的解释是这样的，早先之所以笑，是因为婴宁与王家人相处日浅，故需笑以自隐，而一旦察知王家人对自己出于一片真心，便不再需要如此，所谓："笑已成功，何必再笑？"但明伦的评语可能有过度阐释的嫌疑，但就抓住了婴宁的笑并非出自无心这一点来看，确可谓切中肯綮。

所以，从创作意图来讲，蒲松龄并非要把婴宁设计成一个纯任天真的少女，而是借此表达一个中国传统哲学的重大命题，即老子所谓"大智若愚，大巧若拙"。能以看似无心之笑深自韬隐，使众人在罗彀中而不自觉，这才是婴宁的本色。婴宁的"笑"和《红楼梦》中那位"藏愚守拙"的"冷美人"薛宝钗的"痴"，正可以等量齐观，同日而语。在这个意义上，婴宁墙下的恶作剧就绝对不是造成主题分裂的蛇足，而恰巧是一个借此而点明就里，使读者恍然大悟的关键之笔了。

婴宁的恶作剧之所以不那么为人所津津乐道，还有一个非常关键的原因，那就是这个恶作剧中所含有的浓重的性虐待色彩。

为什么蒲松龄一定要在一篇本来非常"干净"的小说中增加这种不洁的笔墨呢？从作品的布局而言，只要这个情节能够表明婴宁的心计，就足以完成其功用。蒲松龄在这里一定用涉性笔墨，只能说明一点，那就是在蒲松龄的意识中，性实在常常是他关注的焦点。最能够说明这个问题的，无过于《地震》。这个纯粹纪实性的短篇包含了两个事件，一是对康熙七年那次中国历史上最大的一次地震的记录；二是某农妇夜间小便，回头发现一条狼把她的儿子衔走，经过争夺，终于把儿子夺回的故事。这两个事件都很有传奇性，但读过以后，我们发现，作者的兴奋点，却始终不在事件本身，而在地震以后的男女"裸体相聚"，以及农妇夺回儿子以后"未着寸缕"地"指天画地"的可笑情状。在天崩地坼与生死攸关的事件关头，而把焦点锁定在女人的裸体上，只能说明作者平日所受到的性压抑之深，以及由于压抑而带来的强烈欲望。

另外，西邻子的行为（仅仅是注目倾倒），纵然是有轻佻之嫌，但是无论从哪个角度说，似乎都罪不至死，更不用说是被用如此的手段杀死。蒲松龄显然没有在下的这种"妇人之仁"。他不仅设计出了这样一个恶作剧，而且从后边所附的"异史氏曰"来看，对婴宁的这种做法还是非常欣赏的。不仅蒲松龄本人对西邻子的死法没有觉得有什么不妥，而且从冯镇峦等人的评语来看，也没有觉得有什么刺目之处，冯镇峦甚至在西邻子大叫跌倒以后批道："妙，妙。好淫者看样。"即使是今天的大部分评论者，觉得这一段不好，也不过是认为它有"佛头着粪"，玷污婴宁之嫌而已，而以为西邻子之死乃是咎由自取，自作自受。由此，我不禁想到在国人中广泛流传的"万恶淫为首"的道德训诫。在中国传统道德中，性实在是一个比洪水猛兽还要可恶的东西。人们可以原谅杀人放火，原谅人肉包子，而对于性方面的一些微小过错却难以接受。但另一方面，又由于性冲动乃是人类无法摆脱的本能，所以这种压抑的结果就只能是使其以一种扭曲的方式变得更加强烈。于是，在中国的文学作品中，特别是通俗文学作品中，如下情况就简直成了一种规律：作者一方面带着一种犯罪的快感在所有能涉及性的地方津津乐道，另一方面又往往在此后给予这些寄托着作者兴奋的人物以最不近情理的结局，以为好色者的警诫。

　　所以，尽管这一段文字本身说不上有什么美感，但如果真的删去，恐怕《婴宁》也就不成其为《婴宁》了。因为在这样一片将性与罪恶感紧紧联系起来的土壤上成长起来的蒲松龄，"西邻子之死"这样的笔墨出现在《婴宁》当中，恐怕也是势所必然。它的加入，使得《婴宁》具有了一种浑浊的厚度与质感，透露出一种真正的明清气派。

# 柔骨侠情

自明代中后期以来，文人在笔记传奇中为侠客作传已经成为一种风气。蒲松龄生在明末，长在清初，为此风气所熏染；长成之后，又颇有急人之难的任侠之气，所以虽身为手无缚鸡之力的文弱书生，而动手作上几篇寄情豪侠的小说，便不在意料之外了。

《聊斋志异》中的侠义小说，数量不多，篇幅一般也都比较短小。但正所谓狮子搏兔，力亦在其中，他的个性与才华，即使在这种无大深意的作品中，依然能得以体现。可以这样说，自唐传奇之《红线》《隐娘》以来，在文言小说领域，写得最出色的侠义小说，便当数《聊斋志异》中的《侠女》《王者》《红玉》等篇了。之所以能取得这样的成就，汲取传统侠客小说之重视情节安排、注意设置悬念等固然重要，其最值得注意的地方，犹在于两点：一是为刀光剑影的打斗增加了诙谐幽默的新质；二是特别注重女侠形象的塑造。这两点，使得《聊斋志异》中的侠义小说能够从明清时期众多的同类

侠女

小说中脱颖而出，引人注目。

关于第一点，我们可以举出《老饕》。此篇写的是绿林豪杰邢德骄傲自满，结果却在另一个更厉害的角色老饕那里吃了苦头的故事。他不但不是老饕的对手，甚至还敌不过供老饕驱使的一个小小的童仆。他用平生绝技射出的箭，老饕用脚趾就可以轻松地夹住；他号称膂力过人，结果被小童用一只手抓住，便没有了任何反抗的力气。就作品的主题而言，不过是"强中更有强中手，一山还有一山高"而已，这类故事在明清时期颇为流行，如"三言"中的刘东山故事，就与此非常相似。这篇作品的引人注目之处，在于蒲松龄在其中前无古人地加入了一段侠客游戏人间的笔墨：

> 邢窥多金，穷睛旁睨，馋焰若炙，辍饮，急尾之。视叟与僮，犹款段于前，乃下道斜驰出叟前，紧衔弓矢，怒相向。叟俯脱左足靴，微笑云："而不识得老饕耶？"邢满引一矢去。叟仰卧鞍上，伸其足，开两指如钳，夹矢住。笑曰："技但止此，何须而翁手敌？"邢怒，出其绝技，一矢刚发，后矢继至。叟手掇其一，似未防其连珠，后矢直贯其口，踣然而堕，衔矢僵眠。僮亦下。邢喜，谓其已毙，近临之，叟吐矢跃起，鼓掌曰："初会面，何便作此恶剧？"邢大惊，马亦骇逸。

在以往的侠客小说中，我们已经见到了许多神奇到不可思议的武功描写，如妙手空空儿、隐娘、红线等，无不出手惊人。这些描写好则好矣，然给人的感觉无非是紧张刺激，令人惊异而已。但《老饕》不同。它将游戏人间的笔墨引入到本来只有刀光剑影的打斗之中，使人在紧张中有轻松，为侠义小说增加了一种别具风味的幽默与诙谐。这种笔法，在后世，特别是当代的武侠中，得到了很好的继承与发扬。当我们享受着金庸、梁羽生小说中这种诙谐的描写为我们带来巨大的阅读快感的时候，千万不要忘记，其中有着蒲松龄的开山辟路之功。

这第二点，虽说不是聊斋的独创，但他确乎可以说是使它发扬光大的集大成者。蒲松龄和曹雪芹一样，是对女性特别关注的作家。正是这种爱好，使得蒲松龄即使在创作质地刚猛的侠义小说时，也不忘将女子的身影嵌入其中。如《聊斋志异》中最出色的侠义小说《侠女》中的那个"艳若桃李，冷若霜雪"的绝色女子，便是这样一位身怀绝技的英雄。她剑术惊人，当狐狸精幻化的轻佻少年欲以她与顾生的私情要挟时，她"眉竖颊红，默不一语，急翻上衣，露一革囊，应手而出，则尺许晶莹匕首也。少年见之，骇而却走，追出户外，四顾渺然。女以匕首望空抛掷，戛然有声，灿若长虹。俄一物坠地作响，生急烛之，则一白狐，身首异处矣"；轻功也甚是了得，即使怀孕已经八个多月，仍然能出入重垣如履平地，至于产下婴儿之后，就更是行如闪电，与人言谈之间，便可以"瞥尔间遂不复见"。又如《武技》中的女尼。面对名声赫赫、一时间大江南北没有对手的李超，女尼先是屡屡谦让，待看到李超确实跋扈太甚，不给点颜色便无法脱身之时，她只是并起五指，在他的腿上轻轻一削，李超就只有躺在地上被抬回家养伤的份了。而《大人》中的那个无名女子，其功夫就更是了得。再也没有比她更不同凡响的出场方式了：她是背着两只刚被击毙的老虎，走进一群被吓得惊慌失措的男人中的。当她听说有两个"高以丈计"的"大人"吃了这些客商的马，并且差一点把他们也吃掉的时候，这个女子只嘟囔了一句："没想到这两个东西竟然如此放肆，我这就去除了他们"，扔掉两只老虎，摸出一个三四百斤的铜锤，就出门了。也就是"温酒斩华雄"的工夫，这个女子就回来了，并且带回了胜利的消息：虽说"大人"因为跑得太快没有被打死，但总算斩落了一根"大人"的手指头。

综观《聊斋志异》，写侠客的作品寥寥可数，而女侠客竟然居其大半，这不能不说是一件非常有趣的事情。从审美的角度看，如果侠客小说中只有虎背熊腰的大汉比武争雄，谁的身高力大谁就取胜，确实是没有什么好看的。有了女子的加入，情形就大不一样了。试想一个娇小柔弱的女子，竟然具备世间少有的功夫，并能战粗豪男子而胜之；"艳若桃

111

李，冷若霜雪"的女郎，从行囊中抖落出的竟然是一颗"须发交而血模糊"的人头，这种由男与女、魁梧与娇小、想象与常情、美艳与恐怖之间所形成的鲜明对比所带来的刺激与新奇，确实别具一种动人心魄之力量。此种奇特之想象，虽不全然出自蒲松龄之首创，但在明清笔记小说中，《聊斋志异》确乎是最突出的。

可能是由于武侠小说在一般人心目当中地位不高的缘故，于是许多论者都竭力从这些小说中发掘微言大义，比如说《王者》中的王者正是当时仍然活跃于海上的反清势力的象征，故而此篇实际寄托的是作者的民族主义思想；又比如说聊斋之所以对侠客感兴趣，正如同张良曾寄希望于"椎秦博浪沙"，乃是其将反清复明的希望寄托于身怀绝技的武林豪杰的曲写等等。这些说法虽然有趣，然而毕竟离题太远；而背后流露出的思想，实际就是对作为通俗文学代表之一的武侠小说的轻视，以及对于这样一个伟大的天才竟然花费力气去写这种不登大雅之堂的东西的费解。这实在是对于蒲松龄的误解。在当时，小说的地位已经够低微的了，既然蒲松龄已经"堕落"到写小说的地步，那么，写上几篇武侠小说，又有什么值得奇怪的呢？认为伟大的作家一定要写所谓深刻反映社会现实、表现其反封建思想的东西才能对得起伟大的称号，委实是有些"雅得俗"了。这就好比一个真正优秀的厨师，烹制复杂的大菜固然不在话下，但也绝非就不可以动手去调出几道别具风味的清爽小菜。

况且，蒲松龄饶有兴致地投笔于侠义小说的创作，也并非全然没有寄托的游戏。一者，正如梁启超在《中国武士道》中所说的："侠之犯禁，势所必然也。顾犯之而天下归之者何也？其所必禁者，有不慊于天下之人心；而犯之者，乃大慊于天下之人心也。"换句话说，只要人间有不平，社会有黑暗，正义难以在正常的渠道得到应有的解决，则侠客的存在就有人心与社会的基础。二者，人性之中本就有好奇的一面，尽管现实生活平庸猥琐，但人心却往往不甘于此。侠义小说中的非凡人物与非凡事件，正好给人们提供了一种"借他人之酒杯，浇自己之块垒"的机会，使得人们在阅读它们的时候能够得到一种生命力舒张的快感。对于蒲松龄这样的落魄读书人而言，儒家经典在那个时期所具有的"敲门砖"的功能已经丧失殆尽，而对于自身的道德规范的作用却潜移默化地成为其人生指导原则。这样一来，礼教规范的就不仅是他们的行动，并且也包括他们的思想意识，他们的不自由状态与一般人相比，显然更甚。但另一方面，对于个体生命自由状态的追求却又是人的本能。侠客与一般人的最大的差别，正在于他们能够凭借自身的武功，很大程度地摆脱了一般社会规范对他们的束缚，从而达到了一种比较自由的生命状态。当他驰骋笔墨于这一片相对自由的天地的时

候，内心的快意，想必是不可名状的。这就是蒲松龄身为弱
质书生而寄意侠情的根因所在。

# 读书人的脱贫方式

贫穷几乎是伴随蒲松龄一生的命运。

套用《阿 Q 正传》中阿 Q 的话，蒲松龄"祖上也曾经阔过"，不过那是元代的事情了。他的远祖蒲鲁浑和蒲居仁在元代曾官至般阳路（今山东淄川）主管，但由于卷进了政治斗争的漩涡，很快就落得了一个满门抄斩的结果。整个蒲家只有一个男孩蒲璋因为很偶然的原因幸免于难。靠着这一根独苗，蒲家在几代之间竟然繁衍了上百的子孙，以至于他们居住的村子都因而改名叫"蒲家庄"了。明代的时候，这个家族似乎有过一段辉煌，但很快中落。到了蒲松龄的父亲，就只好靠小本生意来维持生计。

至于他本人，自十九岁考上秀才以后，功名方面就再也没有任何进展，"书中自有千钟粟"的热望终成画饼。蒲家本不算富有，孩子又多，所以分家的时候，留给蒲松龄的财产，就只有薄田二十亩和摇摇欲坠的三间场屋。从独立承担家庭的责任那一天起，蒲松龄就再也没有摆脱过贫穷的困扰。用他自己话说，穷神是把他当作"贴身的家丁，护驾的将军"；把他的家当作衙门，"世袭在此"，"居住不动身"了。

除了肚子里的几卷诗书和秀才的功名，他身无长物。加上不甘心放弃举业，所以除了当私塾先生，他实在是没有第二条出路可走。当教师可不是那么容易的事情。其中的况味，他自己在《闹馆》《学究自嘲》等有过非常详尽的描述。首先是谋馆之难，所谓"沿门磕头求弟子，遍地碰腿是先生""君子受艰难，斯文不值钱，有人成书馆，便是救命仙"；即使成了馆也报酬微薄，经常落到"今日当了袄，明日当了裙"的窘迫境地；伙食就更差了，"粗面饼卷着曲曲菜，吃的是长斋"，以至于能吃上一个咸鸡蛋，便感觉像做了神仙一样飘飘然。这样的状况一直到给毕际友家当固定家庭教师才有所改观，根据马瑞芳在《蒲松龄年谱》中的推算，蒲松龄在毕家的年薪大概不低于白银十六两，加上他秀才的微薄年俸，以及田地的出产，似乎也不是很少了。但考虑到他光儿子就有四个，这样的收入也就不多。根据长子蒲箬的回忆，这个家庭很少能吃上肉，没有极为特殊的原因，鸡是绝对不肯杀的。穿的是粗布衣服，只有蒲松龄自己，由于在淄川算得上是一个头面人物，还有那么一两件体面一点的衣服。

但如果把蒲松龄看成一个"固穷"的清朝颜回，就大错特错了。他可没有颜回那种"一箪食，一瓢饮，在陋巷，人不堪其忧，回也不改其乐"的安贫乐道精神。从留下的生平材料看，蒲松龄对于贫穷的抱怨与无可奈何的自嘲几乎从来就没有停止过。

在下之所以在这里琐屑地说这么多，是因为如果不了解这些，就会错过《聊斋志异》中许多非常有意思的欣赏点。举一个简单的例子，谁都知道，爱情是需要花钱的，一般来说，女人越漂亮，要花的钱也就越多。但是，《聊斋志异》中那些书生在爱情上不但不花钱，在经济上还常常有盈余。不是蒲松龄那样多情少钱的读书人，这样划算的爱情谁人想得出来？！

这种困窘的经济状况给《聊斋志异》的影响，绝不仅仅是上述的一点。其实，只要认真体会一下，就可以清楚地看出，贫穷给他的压力，以及摆脱这种窘境的愿望，在《聊斋志异》中的表现比比皆是。致富，应该说是《聊斋志异》字面之下涌动最激烈的暗流之一。他为自己这样的读书人设计了许多脱贫的方式，比如考上举人进士，遇到神仙，挖出地下藏金等。在不太伤害男性自尊的情况下，他也很腼腆地打过女人的主意。

通过读书改变贫穷的命运，是传统读书人最正宗的致富方式。所谓"书中自有黄金屋，书中自有千钟粟"，只要金榜题名，进入统治阶层，困窘的经济状况立刻就会得到根本

的改观。比如《娇娜》中的孔生，在出场的时候甚是落拓，
投奔朋友不着，靠给寺院抄写经卷才勉强混得一口饭吃。考
上进士、做了延安司李以后，就立刻大不一样了。他家有多
少财产，书中没有说明，但想必十分富有。因为他可以毫无
困难地接济投奔他的皇甫一家，并且还有偌大的一座闲园供
皇甫一家居住。靠这种方式致富的还有《阿宝》中的孙子楚、
《红玉》中的冯相如等。

出家修仙，如果获得成功，那自然就有数不尽的财富
了。比如《成仙》中的周生，经过一连串的变故，对人间诸
事心灰意冷，遂决意出家修仙。几年以后，他的弟弟在书桌
上发现了周生留下的一个信封，里面只有一枚长长的指甲。
他的弟弟感到很奇怪，把指甲放在砚台上，询问家人："这
是从哪里来的？"家人回答："不知道。"在回头的时候，砚
台已经变成了黄金。用这枚指甲去试铜铁之类的东西，无不
应手成金。连剪下的指甲都可以点石成金，神仙又怎么会缺
钱呢？即使不能做神仙，有机会认识一个神仙的朋友也能解
决大问题。如《真生》中的贾子龙，利用真生的疏忽，在点
金石的作用下，把一块巨石变成了浑金，以后但凡所需，从
上面凿下一块就可以了。

天上掉下馅饼。如《陈锡九》。陈锡九曾经被盗贼偷去
了两头骡子，这两头骡子此后就被盗贼用作驮载赃物的主要
工具。一天，这伙盗贼做了一桩大买卖，刚把赃物放到骡子

身上，就被官兵发现。官兵忙着抓贼，强盗忙着逃命，没有人去管骡子，于是骡子就驮着两口袋银子循旧路回到了陈锡九的家里。

行善积德的福报。如《西湖主》中的陈生，跟从副将军贾绾到西湖游玩。贾绾射到一只猪婆龙，尾巴上还附着一条小鱼。龙嘴一张一合的可怜相打动了陈生的恻隐之心，于是请求贾绾放猪婆龙一条生路。征得贾绾的同意后，陈生半是开玩笑半是认真地给猪婆龙涂上一点金疮药，然后放它入水。谁知道，就是这一念之善，在日后不但救了他的命，而且还娶到了美妻、得了长生不死的秘诀、发了大财。原来，他无意中搭救的猪婆龙竟然是西湖水神的妻子！《八大王》中，冯生得到了一只大王八。这只王八长相怪异，不但身形特别巨大，而且头上有一个特殊的白点。冯生因为这只王八实在奇怪，不忍杀害，于是就放了它。他不知道，自己在无意中搭救的竟然是鳖神。为了报答冯生的救命之恩，鳖神把鳖宝种进冯生的身体。从此，冯生的眼睛就具有了识别宝物的特异功能，不管宝物藏在水中还是地下，冯生都可以毫不费力地找出来。没有几年时间，冯生的富裕就与王公贵族不相上下了。

掘得巨金。如此发财，又有两种不同的情况。一种是挖得先人的藏金，如《李八缸》；另外一种就是挖得他人的藏金，如《邢子仪》。

来自女人的财富。这种方式的得利者大多是那些典型的聊斋式爱情故事中的男主角——落拓而有才华的书生。由于这些书生面临着实际的生活困难，所以那些美丽、聪明、善良的女性就往往不但不需要他们破费，给他们增加生活的负担，相反，还会以自己的方式帮助男子改善生活。人间的女性，如《连城》中的连城是"矫父命赠金以助（乔生）灯火"，《痴人》中的阿宝是带给孙子楚一笔不小的嫁妆。对于那些异类幻化来的女子，就更是不成问题了。如《黄英》中的菊仙黄英是靠种菊贩菊以自家神通致富，《阿纤》中的老鼠精阿纤是发挥老鼠的特长以勤劳、善于囤积而致富。

《聊斋志异》中，读书人的脱贫方式大概有以上数种。无疑地，作者想出这样的笔墨，乃是自身经济条件对他的心理影响在创作领域的投射。感受到贫穷的窘迫、威压，并想摆脱这种影响，这是正常人都有的心态，但幻想着用什么样的方式来摆脱它，却不是人尽相同的，这涉及每个人不同的气质、修养、个性以及所属不同阶层、不同文化的特点。让我们用几组不同的对比说明这个问题。

对于财富的追求是整个人类最普遍、最强烈的追求之一，中外皆然。但中国人与西方人的发财梦的内容却显然各有特点。西方人更多地把对财富的追求与冒险联系在一起，而中国人却更多地依赖命运的垂青；西方人强调个人在追求财富的冒险中所表现出来的力量、勇气、智慧，而中国人则容易把巨额的财富看作是上苍对美德的赏赐。这种种不同，正是李大钊所说的西方文明主"力"主"动"，而东方文明主"德"主"静"的突出表现。

即使在中国文化内部，不同阶层的发财梦的内容也大相径庭。

先看市民文学的代表"三言""二拍"。"三言""二拍"中，市民阶层的致富手段主要有三种：一是经商致富，二是拾得（挖得）巨金，三是与有积蓄的妓女结婚。《聊斋志异》中基本没有第一种，这可以看出，蒲松龄毕竟是受到传统轻商观念影响的读书人，他身上传统知识分子的那种清高气还是很浓重。至于第三种，看起来与《聊斋志异》中的读书人靠女性接济很类似，但其精神却有着绝大的差别。与有积蓄的妓女结婚，这本身至少反映出两点：第一，市民阶层对女性的贞操观念持一种比较宽容的态度，他们更注重切身的享受，只要女性美丽、能为他们带来财富，对于她们过去"前门送旧，后门迎新"的皮肉生涯并不太介意；第二，就其愿望的满足来看，是直指现实的，它们更强调生活的真实感，而不是《聊斋志异》式的虚无缥缈。这些都是鲜明的市民意识的流露。而《聊斋志异》就不同了。作者显然对女性的贞操十分重视，以至于在许多篇章中都反复强调女主角在与男子相爱悦时"湘裙乍解，依然处子"，而愿望的满足也大都带有明显的浪漫色彩，缺乏市民那种脚踏实地过日子的现实精神。

再看《水浒》。作为唯一的一部强人文学名著，《水浒》所提及的那种杀人放火的发财手段与《聊斋志异》的差别就更大了。蒲松龄是绝对不会让他笔下的正面人物去卖人肉包子的，而李大哥杀人尚且不眨眼，又怎么会有那份闲心去给受伤的猪婆龙涂什么鸟药？

# 八 大 王

　　《八大王》讲的是一个家境贫寒的书生因为救了一只大王八而富可敌国并娶了郡王公主的故事。

　　故事发生在明朝，地点在甘肃临洮，主人公是一个姓冯的书生。冯生的祖上也曾经做过高官，但到冯生这一辈的时候就已经衰落了。这个冯生曾经借钱给一个以捉鳖为业的人，那人无力偿还，就常常把捉到的鳖给冯生送来抵账。

　　这一次，捉鳖人送来了一只比较特别的王八，这王八不仅体型巨大，而且脑门上还有一个白点。

　　在古人的观念中，凡是长相比较特别的动物，大概都不是寻常之物，所以冯生并没有将它吃掉，而是放生了。但就是这个小小的善举，给冯生带来了一系列意想不到的奇遇。

　　在放了这只有点奇怪的大鳖不久后的一天，冯生从外面回来，沿着河边往回走。那时天色已近黄昏，一个喝得醉醺醺的人，带着两三个仆从，摇摇晃晃地走过来。看见冯生，就问是什么人。冯生随口说是走路的。那个醉汉很生气，说这算什么回答，你难道没有姓名吗？冯生急于回家，也不说话，径直向家里走去。那醉汉越发生气，拉住冯生的袖子，说什么也不让冯生走，满嘴酒臭几乎把冯生熏死。冯生急了，说你别招惹我，我冯某不是好惹的。

那醉汉一听冯生的名字，酒立刻就醒了一半，不仅怒意全消，更是踉跄着跪在地上，说原来是我的恩人，刚才多有冒犯，还请多多宽恕。说完从地上爬起来，让自己的仆人先回去收拾房间、置办酒菜，自己则拉着冯生的手，坚决请冯生到自己的家中一坐。冯生推辞不得，只好随着那个醉汉向他家中走去。

走了几里路的样子，进入一个小小的村落，随即就到了那醉汉的家。房舍看起来非常华美，好像是个大户人家的样子。一会儿酒菜准备好，醉汉请冯生入席。宴席非常丰盛。酒酣耳热之际，那醉汉这才说出自己的身份，原来，他就是当日冯生放生的那只大鳖，名字叫作八大王——聪明的观众大概早就猜出来了，所谓"八大王"，其实就是"大王八"。两人又拉拉杂杂说了好久，谈话之间，天色已经放亮。临别之际，八大王对冯生说：您的大恩大德，我时刻感念于心，送给您一个小东西，聊以报答您的恩情。不过这东西不能长久地佩戴，佩戴久了会消耗人的精血。您的愿望满足后，再把它还给我就是。说完，从嘴里吐出一个小人，大概一寸左右的样子，然后用手猛掐冯生的手臂。冯生的手臂一阵剧痛，感觉皮肤已经裂开，八大王随即将小人按入冯生的手臂。再看刚才八大王所掐的地方，皮肤已经愈合，只是微微隆起，就像一个脂肪瘤一样。冯生惊问这是什么意思，八大王含笑不语，只是说你该走了，随即起身将冯生送出村外。冯生走出几步，再回头看刚才的村落，倏忽之间已经消失了踪迹，唯有一片苍茫的水面而已，一只巨大的王八，正缓缓没入水中。隐约可以看见，那个大王八的脑袋上，有一个白色的斑点。

八大王给冯生佩戴的是个什么东西呢？

这个神秘的东西，就叫作"鳖宝"。别看这鳖宝个头很小，但功能却十分强大。按照民间的传说，只要把鳖宝植入到人的身体之中，它就可以靠吸食人的精血活下去，而佩戴鳖宝的人，从此就拥有了识别宝物的能力，就算宝贝深埋地下，也会洞若观火，一目了然。当然，凡事有利则有弊，鳖宝是不能长久佩戴的，时间久了，佩戴的人就会血脉枯竭而死。

果然，佩戴了鳖宝的冯生从此就与众不同了。那一双眼睛，就如同专门寻宝的 X 光机一般，所看过之处，那些金珠宝贝，无论是埋在地下，还是藏在水中，全都无处遁形。不但能够看到，而且不管这个宝物从前有没有见到过，都能随口说出宝物的名字。

冯生的"第一桶金"，是在自己家里发现的。那时的冯生刚刚佩戴了鳖宝，八大王没有对冯生解释为什么要把一个小人种进自己的身体里，冯生自然也不知道这东西到底有什么作用，只是在无意间向自家卧室的地下看了一眼，就发现地底下埋着一堆银子。冯生把银子挖出来一称，足足有数百两之多。有了这笔巨款，冯生的手头立刻就宽裕了起来。

收获最大的一次，是收买同乡某大户的宅第。这家大户当年也曾甲第如云，可是正像宋代词人辛弃疾所说的"千年田换八百主"，转眼也就到了出卖祖业的地步了。冯生琢磨着这样的人家地下很可能埋藏着不少宝贝，于是就抱着碰碰运气的态度上门去查看了一下。院子里、花园里四处转了转，发现这家地下埋藏的银子多到了简直不计其数。此时的冯生，已经靠着鳖宝捡到和挖到了不少宝贝，经济上颇为富足了，于是当即拍板，买下了这座豪宅。买下宅子之后，冯生很快就跻身当地的富豪之列，财力上完全可以与那些王公贵族们分庭抗礼了。

其他类似的事情，更是所在多有。比如走着走着忽然发现地下埋着一堆银子啦，坐船忽然发现水底沉着一颗大珍珠啦之类的事情等等等等，简直不可统计。靠着这双能识别宝物的慧眼，冯生在几年之间，变得富可敌国。他家里随便拿出一件东西，有时就是达官显宦之家都不曾见过的。靠着这一双善于发现宝贝的眼睛，冯生还成功解决了婚姻问题，娶了肃王的三女儿为妻。

　　故事的结局，是几年后的一个晚上，冯生做了一个梦，梦中八大王对冯生说，我送给你的东西，现在应该归还了，长久地佩戴，会对你的身体不利，减少你的寿命，说完就一口咬住冯生的手臂。冯生在剧痛中醒来，再看手臂，鳖宝已经不见，而手臂也恢复如初。

　　八大王的故事，当然非常富有传奇色彩。站在今天科学的眼光来看，这个故事真实发生的可能性绝对是零。这个世界上怎么会有成精的甲鱼，怎么会有鳖宝，人的眼睛怎么可能会像 X 光一样透过地表看到地下深藏的宝贝？但离奇的想象背后，却也有着深厚的历史文化渊源。蒲松龄之所以能赋予笔下人物这样一种发家致富的方式，是既有其现实基础，也有其制度基础的。这个现实基础很简单，就是作为一个历史悠久、文明从未断绝的国家，中国的大地之下，确实埋藏着数不清的宝物。这个制度基础，就是古代对于"得遗失物"的法律规定——对于遗失物的处理，尽管不同朝代的法律在细节规定上有所差异，但大体的主张是一致的，就是凡无主的遗失物，除了所谓"古器钟鼎符印异常之物"等一些民间不应拥有的特殊物品，基本都主张归发现人所有。

　　中国的国情以及法律对于遗失物的规定，决定了中国人对挖宝致富的故事特别情有独钟。比如我们都熟悉的《二十四孝图》里面的"郭巨埋儿"，讲东汉孝子郭巨，家境贫寒，上有老母，下有幼儿，遇上灾年，为了省下口粮给母亲，就和妻子商量着把儿子埋掉。郭巨的妻子同意了。当天晚上，当夫妻两个带着悲痛的心情挖地的时候，忽然就挖出了一罐金子。有了这罐金子，一家的性命自然也就得到了保全。打开"三言""二拍"等古代小说集，就会发现，这样的故事比比皆是。所以，《八大王》的故事虽然因为加入了鳖精而显得有些怪诞，但实际上，它不过是古人挖宝梦的一个缩影和集大成而已：一般情况下的挖宝，不过是得之于偶然与运气，假如有了一双无宝不识的慧眼，那岂不是拥有了一双点石成金的手指头，效率与收获都会高上许多？

不过，这样的梦想，只能存在于古代社会，到了今天，假如蒲松龄再写《八大王》，就绝不会用这种方式让冯生发财致富了，因为即使你真的遇到这样一只成了精的大王八，并且像冯生一样放了它而不是把它炖成一锅汤，而这只大王八又真的把鳖宝让你佩戴上一年，你依然无法靠挖宝寻宝发家致富。原因很简单：法律不允许。根据《民法典》的规定，发现埋藏物或隐藏物的，知道权利人的，应通知其领取；不知道的，应发布招领公告，发布公告一年内无人领取，归国家所有。如果挖出来的属于文物，则更应依法上交国家，隐匿、买卖，都属于违法行为，严重的还要追究刑事责任。

对于这项法律规定，有的人表示不理解，说我自己发现的，凭什么要上交国家？那么，我们应该怎么理解这项规定呢？我们认为，国家之所以作出这样的规定，主要是基于两点：第一，从法理上讲，我国是公有制国家，一切土地、河流归国家所有，那么，从国家所有的土地、河流中发现宝贝，自然就应该归国家所有。第二，从情理上讲，因为中国一直以来的厚葬传统，中国的地下埋藏物非常丰富，假如埋藏物归发现人所有的话，就会引动许多人的贪婪之心，再加上现代科技手段的加持，中国的地下文物就将遭受毁灭性的伤害。"没有买卖就没有伤害"，禁止私挖埋藏物，不主张公民从地下埋藏物的发掘中获利，正是对地下资源最好的保护。

政策是好政策，只是《八大王》这样的发财致富梦，咱们现代人是做不成了。

# 打劫的奇遇

我们在《读书人的脱贫方式》中讲到了蒲松龄为读书人所设计的种种脱贫方式，但还是遗漏了一种，那就是《申氏》一篇提到的"黑吃黑"。

故事的主人公是一个姓申的读书人。父亲死后，他既不能在功名上有所突破，又不能断然放弃书香之后的身份去种田做工，所以很快就穷到了山穷水尽的地步。穷到什么程度？用书中的话就是"竟日恒不举火"——经常一整天都没法开饭。换作单身，一人吃饱了全家不饿，日子虽然贫穷，倒还清闲；可对于已经娶妻的人来说，那就连个清闲都没有了。

这一天，夫妻二人又是一天没有吃饭。米缸已经细细找过一千遍以上了，绝对是一粒米也没有。俗话说"贫贱夫妻百事哀"，山穷水尽之际，妻子的抱怨就又如火山喷发一般地爆发了。说嫁汉嫁汉，穿衣吃饭，亏你还是个男人，你怎么就能够窝囊到这般田地。申氏说我有什么办法，难道你还要我去当强盗，去偷去抢不成。这一下子，妻子的火气就更大了，说亏你还有脸这么说。听你的意思是看不起强盗，可在我看来，强盗还能让老婆过上温饱的日子呢，你连个强盗都不如。有本事你就去做强盗，给家里弄点吃的呀！申氏说你怎么这么说话，我再怎么说也生在书香之家，怎么能去偷去抢，做那种有辱门第的事情呢？我宁可死，也不干那种丢人现眼的事情！妻子说这世界上不种田就能吃上饭的只有两条路，要么男人去当强盗，要么女人去做娼妓。既然你好脸面不去当强盗，那么就让我去做娼妓好了！

这一通吵闹，可以说是昏天黑地。吵到精疲力尽之时，妻子愤愤然倒在床上说我要睡了，不再搭理丈夫；申氏则辗转反侧，难以成眠。心想身为男人，连一天两顿饭都难以保证，竟然让妻子说出要去做娼妓这种话来，还有什么脸面活在这个世界上。越想越觉得活着没有意思，于是趁着妻子睡觉，偷偷爬起来，拿起一根绳子，到院子里找了一棵歪脖树，就把自己挂在树上了。

在临死的弥留之际，申氏恍惚中见到了已经死去的父亲。父亲见到正在上吊的申氏，又是吃惊，又是心痛，说傻孩子，怎么会到这步田地呢！说完就弄断了他上吊的绳子。临走之前又对申氏说实在不行，你就去当一回强盗吧，不过千万记着，一定要注意隐藏在庄稼最密的地方。一次就可以致富，不必做第二次的。

再说妻子，和申氏吵过架就躺到了床上，其实何尝真的睡着。躺到半夜，迷迷糊糊听到院子里传来"咕咚"一声，好像很沉重的东西落在地上的动静。妻子吃了一惊，赶紧呼唤申氏，却没有听到申氏的回答。再想到申氏刚才吵架时说的"我宁可死"的话，越发有些心慌。点着灯火到院子里看，就看到了树上悬挂的绳子，还有树下半死不活的丈夫。妻子吓了一跳，赶忙又是掐人中又是拍后背的，半晌终于能动了。扶着丈夫躺到床上，到天亮的时候，推说丈夫生病，朝邻居借了一点米，做了一锅稀粥，给丈夫喝下。

喝完粥，申氏的精力很快恢复了。从床上爬起来，一句话没说就出去了。到中午，申氏背着一袋米回来了。妻子问从哪里来的，申氏说我父亲在世时有不少有身份的朋友，我以前好面子，所以不好意思开口向他们乞讨，如今要去做强盗了，还讲什么面子！这米就是向他们借的。你赶快做饭，我吃饱了有力气，好去抢东西啊！妻子听了丈夫的话，认为他还记着昨天的事情，有意发作，但怕丈夫再像昨天一样去寻死，于是就隐忍下来，专心淘米做饭。

一会儿，饭做好了。申氏吃完，就开始满院子寻找武器。找到一根坚硬的树枝，用斧子砍去枝叶枝杈，很快一根木棒就做好了。放到手里掂一掂，长短粗细刚刚好。拎上棒子，申氏就向院外走去。妻子原先说让他去做强盗什么的，那都是吵架时的气话，如今看丈夫这意思似乎是当真了，不由得慌了起来，连忙上前阻拦。申氏说你当初要我做强盗，现在又拦我做什么。如果事情败露牵连到你，你不要后悔就是。说完又往外走。妻子拉住申氏的衣服，申氏一使劲，连饭都吃不饱的人家，那衣服的脆弱可想而知，只听得"刺啦"一声，衣服被扯破了。申氏看了看妻子手中扯下的半块衣裾，一刻也没有迟疑，决然地向门外走去。

申氏虽说是貌似很决绝地走出了家门，但一旦出门，究竟何去何从，还真的是茫无头绪。在他此时的心中，既有对死去的父亲对自己说的那番话的将信将疑，也有对自己眼下行为的羞愧，更有对万一被人发现的担心和害怕。总而言之，脑子里是一团乱麻，翻江倒海。按照父亲的指点，他跑到邻村，找了一处庄稼最茂盛的地方躲了起来。不巧得很，当天正好下雨，一道道闪电过来，间或把大地照得亮如白昼。申氏唯恐自己被人发现，只能瑟缩在庄稼丛中，任凭电闪雷鸣、大雨滂沱，一动也不敢动。

就在申氏狼狈不堪之际，又是一道闪电过来。就着这道亮光，申氏忽然发现了新的情况：一个身形极其魁伟健硕的男子，也在距离自己不远的地方潜伏起来。那人潜伏了不大一会儿，确认附近没有人发现自己之后，翻身就上了前方不远的墙头。

申氏认得，那片高墙之内，就是大姓亢某的宅地。如今这人影翻进了亢某家的墙头，不用说，必定是梁上君子了。想到这里，申氏有了主意，决定不必自己动手，单等这个家伙得手出来，就上前打个招呼，不愁对方不分给自己一半。后又一想，这样恐怕不妥。对方要是答应还好，若是不答应动起手来，看对方那高大魁伟的样子，自己恐怕还真不是对手。与其到那时吃亏，还不如出其不意攻其不备，等对方出来，一棍子把他打晕算了。算计已定，就在那人翻身过墙的地点埋伏下来，单等那人再次出现了。

这一等就是大半夜。到天快亮的时候，那人终于在墙头出现了。趁着他脚还没有沾地的时候，申氏猛然跃起，一棍子就打在那人的腰眼上。

这一棍子下去，套用魔术师们常说的一句话，就是"见证奇迹的时刻了"。他看到的不是一个倒在地上连声惨叫的大汉，而是一只形体硕大的乌龟。那乌龟背部着地、四脚朝天，张着足有脸盆那么大的嘴，痛苦地挣扎着。申氏大吃一惊，又接连打了不知有多少棍子，直到确信那只大乌龟死了，这才停了下来。

精疲力尽的申氏坐在大乌龟壳上，眼前突然一亮。他猛然想起，就是这个亢某，家里有一个既聪明又漂亮的女儿，一向被亢某视为掌上明珠的。可是突然有一天夜里，被一个壮汉闯进闺房强暴了。据女孩说，每次当这个壮汉来的时候，她就进入一种眩晕的状态，连挣扎的力气都没有了。女孩很害怕，又不好意思对父母说，只好找了许多丫鬟婆子和自己睡在一起，严加防范而已。不料到了夜里，门竟然会自动打开，而且大汉一进来，整个房间内的女人一起进入眩晕状态，眼睁睁地被那个大汉蹂躏而无能为力。大家把事情告诉亢某，亢某当晚找了不少强壮的男子在外面环卫，自己则和全家人一起陪着女儿坐在闺房里。饶是如此，等那个大汉来的时候，仍然是大家一起失去了知觉，等恢复清醒的时候，女儿仍然被那个大汉蹂躏了，赤身裸体地躺在房间里，就像傻了一般，良久才恢复正常。亢某恨得要死，却又毫无办法。几个月之后，女儿已经被那个妖物折磨得骨瘦如柴。为了解决这个心头大患，亢某发出话去，说谁能除掉这个妖物，愿意以白银三百两为谢。三百两白银，按照那时的购买力，大概折合现在的人民币十万元左右吧，也是一笔巨款了。申氏平时就听说过这件事，现在想来，那个妖物必定就是眼前的巨龟了。

申氏带着死乌龟敲开了亢某家的大门，说自己已经替亢家把妖物除去了，讨要三百两的赏钱。亢某一听，大为高兴，把乌龟抬进来割成碎块，又留申氏在家里住了一晚上。一晚过后，妖物果然没来，亢某于是千恩万谢地将三百两银子如数付给申氏。

申氏背着这三百两银子，兴高采烈地回到家里。妻子呢？因为申氏已经一夜没有回家了，又想到丈夫临别时说的要去做强盗的话，所以心情忐忑，既害怕又自责。正在担心的时候，申氏从外面回来，把三百两银子往床上一放，一句话不说。妻子哪里见过这么多银子，吓得要死，说难道你真的去抢劫了？申氏说这不是你的主意吗？我按照你说的做了，你怎么又换了腔调呢？妻子信以为真，一屁股坐在地上，哭着说我那是气话啊，我何尝真的是要你去做贼呢？如今你做了强盗，且抢来的银子又这么多，断然是死罪。我来自清白人家，断然不受你这贼人的连累。说完就奔出门去，要去找绳子上吊自杀。看到妻子吓成这个样子，申氏赶忙追了出去，拉住妻子，把前因后果一说，妻子这才转忧为喜，破涕为笑。故事的结尾大家都能猜到，有了这三百两银子，申氏买房置地，过上了幸福的生活。

蒲松龄讲这个故事，是什么意思呢？按照他自己在篇末"异史氏曰"中说的，是"人不患贫，患无行耳。其行端者，虽饿不死，不为人怜，亦有鬼祐也"。但这话骗古人则可，却骗不过眼明心亮的现代读者。原因很简单，不管蒲松龄怎样为申氏曲为辩解，当他拎着棍子出门的那一刻，就已经是预谋犯罪了，这样的行径，怎么能说是"行端"呢？在我看来，它不过是蒲松龄为如自己一样的贫困书生设想出来的又一个极其另类的致富手段而已。因贫穷而导致的家庭矛盾，蒲松龄肯定也遇上过，否则不会把夫妻之间争吵的情状描述得那般惟妙惟肖，烟火气十足。两手空空，又不肯种田，申氏妻子所抱怨的，不就是蒲松龄刚分家时的状况吗？做强盗虽然是吵架时冲口而出的气话，但无本万利，确实是致富的捷径。不过抢劫平人属于严重的犯罪，道德和心理上也背负着沉重的压力，所以万万使不得。但是，假如是黑吃黑呢？不义之财，取之何妨呢？但真的无妨吗？一者按照法律，截夺盗抢之物虽然不比抢劫平人，但也是犯罪；二来那钱财是赃物，用起来不但有风险，良心也自难安。相比较而言，降伏盗贼，得到一笔可观的赏钱，才是万全之策啊。又假如那盗匪是妖怪呢？则不但钱财可得，更兼为民除害，真真是妥帖至极，不能再好了。这才是蒲松龄写作《申氏》的心理动机与转化的过程。

我们这样说，当然是把蒲松龄加诸《申氏》的道德教化色彩剥得干干净净。但这并没什么可遗憾的，因为那层道德教化色彩本来就是作者勉强加上的，并不自然。它提供给我们一个有意思的故事，让我们感受到作者因贫穷而导致的压力，以及围绕脱贫而产生的思绪流动与挣扎，这本身已是足够。俗人因家庭琐事争吵，只能留下彼此间或浅或深的伤害；但蒲松龄却能顺着当时的话头与情绪，敷衍出一篇出色的小说。蒲松龄又一次以自己的天才，让我们见证了艺术的奇迹。

# 慷慨的回报

人之常情，常常是喜欢锦上添花，而不喜欢雪中送炭。

人之常情，又常常是喜欢提过五关斩六将，而不喜欢提夜走麦城。

所以，当雪中送炭的贤士碰上了对狼狈时的相助念念不忘的豪杰，就如同风筝遇到了风，演出了一幕激荡人心的故事。

《大力将军》就是这样一个故事。它真实地发生在清朝初年，而后被蒲松龄加以点染，写进《聊斋》。

故事的主人公之一是查伊璜，清代著名文人。这个查伊璜，因为是金庸先生的祖先，又在金庸先生的《鹿鼎记》中出现过，所以在今天的中国知名度颇高。故事讲有一个清明节，查伊璜与几个朋友到野外的一座废寺中游玩，看到殿前有一口巨大的古钟。寺庙中有古钟很正常，不正常的是这口古钟上上下下有许多手印，而且钟面光滑如新，一看就是经常被人搬动的样子。查伊璜感到很奇怪，于是走到大钟前，从大钟上方的孔洞向下俯视，结果看到里面有个竹筐，大概能盛八九升东西的样子，只是不知道里面盛着什么东西。查伊璜越发奇怪，就让身边的几个人一起用力把钟挪开，结果几个人费尽全力，那口大钟还是纹丝不动。这下子，查伊璜感到的就不是奇怪，而是震惊了。他于是停留下来，一边喝酒一边等待，想看看究竟是什么人，能够有如此的力气，搬动这样一口巨大的古钟。

等了一会儿，一个乞丐来到巨钟的旁边，把讨来的食物放在巨钟旁边，而后一只手掀起巨钟，一只手把食物放到钟下的竹筐里，放好后再把大钟按原样扣好，而后就走了出去。看来这乞丐是把这口巨钟当作自己的保险柜了。又过了一会儿，乞丐从外面回来了，这次是一只手掀开巨钟，一只手把食物从钟下的竹筐里拿出，吃完再拿，看那轻松的程度，就如同打开一个小盒子那样容易。

看着眼前这乞丐的天生神力，查伊璜和身边的人都感到十分吃惊。查伊璜于是就询问这乞丐，说你有这样的神力，做点什么不好，为什么一定要以乞讨为生呢？那乞丐说我饭量太大，没有人肯雇我，所以只得以乞讨为生。查伊璜说你天生神力，投身军营，何愁不能靠着自己的本领，一刀一枪，搏个封妻荫子呢。乞丐愁容满面，说我何尝不想，只是苦于没有进身的门路啊。查伊璜说这好办，你随我来。

查伊璜把那乞丐领回家，招待那乞丐吃了一顿丰盛的饭菜，那乞丐食量惊人，大概相当于普通人的五六倍之多。吃完后，查伊璜给他换上了一身新衣，又赠送了白银五十两，作为其投军的盘缠。

一别十年，查伊璜几乎已经忘记了这个天生神力的乞丐。

十年之后，查伊璜的侄子在福建做官，有一个叫吴六一的将军忽然前来拜访，谈话间向他询问，查伊璜与他是什么关系。查伊璜的侄子回答说是我叔叔，而后反问吴六一，你怎么认得我的叔叔？吴六一说查伊璜是我的老师，十年没有相见，心中充满了思念，烦劳你请他一定要到我的府上小住一段时间。千万千万，一定一定！看对方的意思非常殷切，查伊璜的侄子就答应了下来，但心中仍然充满了疑问，心想我的叔叔是文士，怎么会有习武的弟子。

过了不久，查伊璜正巧来到福建，查伊璜的侄子就把这件事情向他说了。查伊璜绞尽脑汁也想不起来自己和这个吴六一有什么交情，但对方贵为将军，待自己又如此殷勤，查伊璜少不得也拿着名片前去拜访。

名片送进去不久，吴将军就亲自跑到大门外迎接，查伊璜看那将军的面容，压根就没有任何印象，心下颇为怀疑对方是认错人了。但假如说真是认错人了，见面之后对方也应该有所醒悟才对，可那将军还是一副极其谦恭的样子，并坚持对自己施以弟子之礼。古代的豪门都是深宅大院，有好几层院落，那将军一直把查伊璜迎进了最里面的私宅，这才安排查伊璜落座。查伊璜落座之后，吴将军稍微示意了一下，一个年轻的丫鬟立刻捧上了将军的朝服。看着眼前的一切，查伊璜越发感到莫名其妙。吴将军起身将朝服穿好，先命令人把查伊璜按在座位上，让他行动不得，而后就在查伊璜的座前跪了下去，行觐见君父之礼。查伊璜大惊失色，欲起身辞谢，奈何身体已经被死死摁住，所以也就只能接受而已。吴将军礼拜之后，脱去朝服，换上便装，这才陪坐在查伊璜身边，笑着说我就是当年在废寺中举钟的乞丐啊，难道先生已经忘记了吗？

听吴将军这样一说，查伊璜这才醒悟过来。当天晚上，当然是吴将军盛宴招待，侍立左右的，都是绝色的美人。酒足饭饱，吴将军再三恳请查伊璜留宿，待查伊璜首肯，这才告辞出去。第二天早上，因为前一天喝太多酒的缘故，查伊璜起得很晚，起床之后才知道，吴将军已经在门外询问过好几次了。面对吴将军火一般的热情，查伊璜感到非常局促，就要起身告辞，吴将军坚决不答应，令人将大门锁上，决不允许查伊璜离开。接下来的几天里，吴将军每天做的事情，除了陪查伊璜喝酒，就是盘点家中的财产，童仆、家具、车马，凡此种种，无不登记造册，责令家人不能有半点遗漏。查伊璜有些奇怪，但觉得这是人家的私事，也就未加询问。

几天之后，家中财产盘点造册已毕，吴将军这才拿着清单来到查伊璜面前，说我吴六一能有今天，全拜先生所赐。你对我的恩德，那真是如天之高，如地之厚。家中的所有东西，包括奴仆在内，我都不敢私自拥有，现在就把家产的一半拿出来献给先生，聊以表达我对您的感谢。查伊璜大吃一惊，连连推辞，不肯接受；吴六一坚决不肯答应，当着查伊璜的面，按照清单上所罗列的把所有东西都一一摆放眼前，包括上万两的白银，琳琅满目的珠宝，各色的古董，屋里屋外，几乎都没有下脚的地方。所有的东西，包括驴马牛骡，全部一分为二，一半给查伊璜，一半留给自己；男女仆从、歌儿舞女，也都如此照办。清点已毕，即命令这些人一起动手，女的负责收拾，男的负责装车，套上也已经分在查伊璜名下的骡马，目送查伊璜离开，这才回到自己的家中。吴六一对查伊璜的报答，还不止于此。再往后，查伊璜因为"明史案"被牵连进去，几乎问成死罪，也是靠着吴六一的上下斡旋，才得以免除牵连。

《大力将军》打动我们的，首先当然是查伊璜的慷慨与对落魄英雄的尊重。他把当时还是乞丐的吴六一带到自己家中，为之洗浴换装，又赠送白银五十两（约合人民币两万元），这笔馈赠，对谁而言，恐怕都不是个小数目。他对吴六一做了这许多事，竟然连对方的姓名都不加询问，这就彻底抹去了希望对方报答的任何动机。施恩不图报，查伊璜做到了慷慨好施的极致。而尤为难得的是，他能以自己的眼光，在对方人生处于低谷的时候，为对方指出一条出路，从而使其摆脱原来的轨迹，走上一条全新的康庄大道。假如查伊璜当初只是招待那乞丐吃一顿饱饭，送给乞丐一身新衣服，那么肚子饱了还会饿，衣服新了还会破，所有的施舍实际上都不是长久之计。查伊璜的高明之处在于为这天赋异禀的乞丐指出了一条合适的人生之路，正是这合适的人生之路，使得当年的乞丐实现了自己人生的真正价值，过上了以前想都不曾想过的富贵生活，而查伊璜也为自己的付出获得了丰厚的回报。

《大力将军》打动我们的，更在于吴六一对于当初滴水之恩的涌泉相报。"知恩图报"是一种美德，这一点我们都懂。但现实生活中，真能做到知恩图报的却很少，特别是对于那些在自己贫贱狼狈时施恩于自己的人，报答就更少。原因在于三点：一是寒微狼狈之时的种种状况常常不堪回首，很多人也就对此讳莫如深；二是人们实际上都是不愿意背负债务的，生活中债务人总是希望债权人离自己越远越好，感情上其实也是一样；三是人心常常患得患失，当初受恩时或允诺或心许的"滴水之恩，当以涌泉相报"多半出于情感的激越与冲动，但真的富贵了，要拿出"涌泉"去回报当初的"滴水"，没有几个人舍得。吴六一做到了人人心中认为当做但现实中做不到的事情，所以就具有一种撼动人心的力量，格外令人赞叹。

两相凑泊，就是作者在"异史氏曰"中所感慨的："厚施而不问其名，真侠烈古丈夫哉！而将军之报，其慷慨豪爽，尤千古所仅见。如此胸襟，自不应老于沟渎。以是知两贤之相遇，非偶然也。"

生活中的蒲松龄，是一个乐善好施、慷慨助人的盛德长者；与此同时，基于半生不遇以及对自身才华的自信，又使他在听到伯乐于草莱中识得英物的故事时情难自已、意绪难平。他盼望着能遇到自己的吴六一，让自己的慷慨好善有个落处；而尤其盼望着能遇到自己的查伊璜，一朝飞龙在天，让胸中才气有个出处，并用自己的所有回报知己。蒲松龄对此事如此留意，盖有深意存焉。

# 情场与科场

在《聊斋志异》的爱情故事中，最引人注目的一类形象就是那些在情场上占尽便宜的年轻书生。在他们身上，总能多多少少地看到作者自我的身影。作为科场失意的读书人，其名场竞争中弱势者的不平心态及对于内心补偿的追求，得到了最充分的体现。

这种自我身影的投射，首先反映在这些书生的出身、境遇上。他们在与那些美艳的女子发生感情的时候，尽是一些没有功名的科场落魄者，有少数人后来科场得意，那也不过是蒲松龄"未能免俗，聊复尔尔"。如《娇娜》中的孔生，"为人蕴藉，工诗"，在他名场沦落的时候，也有和作者一样被做县令的朋友聘为幕僚以及在大户人家当私塾教师的经历。《青凤》中的耿去病，也和作者一样，是已经沦落的故大家子。其他又如《婴宁》中的王子服，《辛十四娘》中的冯生，他们的境遇大多潦倒，不少人或是流落他乡，或是寄寓僧寺，或是暂借他人之所，或是和作者一样设帐授徒，他们的孤寂冷清也一如作者。总之，他们多是和作者处在同一阶层，经历、境遇有几分相似的读书人。但这些还只是一望而知的表层"形似"。蒲松龄自我身影在这些书生身上的投射，更重要的还在于内在的精神，表现在他们所拥有的超凡脱俗的个性、才情、气质上。

《聊斋志异》爱情故事中的男主人公，大多具有"痴"的特点。如《婴宁》中的王子服，上元节出游，见到"容华绝代，笑容可掬"的婴宁，便"注目不移，竟忘顾忌"，婴宁遗花于路而去，他"拾花怅然，神魂丧失，怏怏遂返，至家，藏花枕底，垂头而睡，不语亦不食"，不久就消瘦得只剩下一把骨头。《鲁公女》中的张于旦，在野外偶然见到"风姿秀媚，着锦貂裘，翩然若画"的鲁公女，不觉深为艳羡，后听到她暴死的消息，遂因为这一面之缘而悼叹欲绝，而后便"敬礼如神明，朝必香，食必祭"。《阿宝》中的孙子楚更是痴情到了无以复加的程度，为了自己从没有见到过的美人的一句戏言，便可以决然地引斧断指，而其精神更可以借鹦鹉之形直达意中人的身边。"痴"绝不是傻、痴呆，在《阿宝》的"异史氏曰"，作者表达了他对"痴"的看法："性痴则其志凝。故书痴者文必工，艺痴者技必良，世之落拓而无成者，皆自谓不痴者也。且如粉花荡产，卢雉倾家，顾痴人事哉！以是知慧黠而过，乃是真痴。"从这段话中，我们可以理解到聊斋先生赋予"痴"的内涵："痴"乃是对事物的极度迷恋，是因为用情太专而达到的忘我境界，它是蒲松龄高度肯定的品质之一。

《聊斋志异》爱情故事中的男主人公，还有一些特别富有光彩的"狂生"。他们虽然科举不第，为名场上的失败者，但命运的坎坷并没有使他们变成猥琐的男子，相反，却造就了他们狂放不羁的脱俗个性。如《青凤》中的耿去病，为人狂放，听说叔叔家的空园中有狐狸精，便通告叔叔，一旦有什么风声就马上通知他。有一天夜里，园中空楼上忽然灯火通明，他的叔叔便赶忙告知耿去病，而耿去病也果然拨开满园的荒草进入楼中。见到青凤一家，他明知其为狐毫无顾忌，大笑闯入，并高声呼叫："不速之客来啦！"竟然把狐狸一家吓得四处躲藏。一旦为青凤的美丽所倾倒，他便目不转睛地凝视，并且在桌子底下暗暗踢女郎的脚，末了还大声叫道："有这么个漂亮女人做老婆，就是给个皇帝也不换！"为吓走耿生，青凤的叔叔变成一个披发的黑鬼来到耿生面前，谁知道耿生不但不害怕，还用墨染黑自己的脸作为调笑。其豪爽狂放、超拔脱俗真令人有尘俗尽涤之感。

这些书生，又往往有正直豪爽的品格，他们笃于感情，在情人、友人遭受危难的时候，都能够不畏强暴，不畏艰险，仗义挺身而出，决不计较个人的安危。孟子所谓"威武不能屈，贫贱不能移"的品质，在他们身上得到了生动的体现。如《连琐》中的杨于畏，听说连琐为一个龌龊的鬼隶所纠缠，便不顾自己是一个文弱书生而对方是一个赳赳武夫上前与对方拼命，此举虽属以卵击石，但那份胆气确实让人尊敬。《娇娜》中的孔生，听说皇甫公子一家有难，尚不知何事，便急于自任，发誓要与皇甫家同生共死。得知是天将降雷霆于皇甫一家，便执剑站立在阴云四合的户外，任凭老树都被连根拔起的狂风暴雨在身边吹打，石破天惊的雷霆在身边炸响，始终屹立不动。见到在重重黑烟中有厉鬼将娇娜攫出，便用尽全身气力，舍死与鬼物相拼。孔生的品格经受住了崩雷爆裂、天地变色的考验，在灾难中得到了最充分的张扬。此外，如耿去病从猎人手中救出了青凤的叔叔，黄生救出绛雪，于生从蛛网中救下绿蜂等，都有救人于危难、扶危济困的意味，不过程度上有轻有重而已。

这些书生，又多和作者一样，有着出众的才华。许多人得以和心爱的女郎结好，靠的正是他们的才情。如《连琐》中的杨于畏，听到户外有女子吟诗"玄夜凄风却倒吹，流萤惹草复沾衣"，声音楚楚动人，虽知其为鬼而仍心生向往。第二天晚上，他早早就伏在墙头，到了一更天的时候，才看到一个美貌的女子冉冉从草丛中升起，手扶小树，哀声吟哦。他轻轻咳嗽了一声，那女郎就不见了。然而，恁是女郎多么胆小，一旦杨于畏代其续出了她久思不得的诗句，连琐便马上出现在杨于畏面前。《连城》中的乔生，也是因为出众的诗歌才华赢得连城的青睐。其他如《香玉》《细侯》《封

三娘》等篇章，亦无不点出书生的才情。几乎所有的美女对
有才华的书生都是高看一眼的，而空有一副好皮囊的绣花枕
头则会遭到她们的遗弃，如《嘉平公子》。嘉平公子丰姿秀
美，女鬼温姬慕其风流而愿侍奉终生。当温姬吟诗请嘉平公
子作对时，温姬初现失望，但仍情意切切，不肯离去；而一
旦看到他在给仆人的便条中竟然把"可恨"写成"可浪"、
"花椒"写成"花淑"、"生姜"写成"生江"，便留下一首
打油诗"何事可浪？花淑生江。有婿如此，不如为娼"后
飘然离开。先是，嘉平公子的父母知道温姬为鬼，曾百计驱
遣而不得，没想到，一个满是别字的便条竟然比天师画的驱
鬼符还要管用。这就从反面衬出了才华在女性眼中的价值。

这许许多多名场落魄却有着美好个性与无比才情的书生
形象出现在聊斋的笔下，是大有深意的。在现实生活当中，
蒲松龄是一个守礼执中、颇有迂腐之气的人，但他的思想感
情又具有极为超凡脱俗的另一面。在他留下的大量诗文中，
我们可以看到，他常常以狂痴自许，也以狂痴许人："我狂
生耳！自摸索今世，已拚寒窘。"（《念奴娇·新秋月夜，病
中感赋，呈袁宣四孝廉》）"老态从今，痴情似夕。"（《题
时明府余山旧意书屋》）"狂同夕日犹贪饮，兴减当年并废
歌。"（《寄刘孔集》）"乾坤一破衲，湖海老狂生。"（《跌
坐》）同样，他虽然是一个手无缚鸡之力的书生，却对豪侠
具有浓厚的兴趣："最爱《游侠传》，五夜挑灯，恒以斗酒佐

读。"(《题吴木欣〈班马论〉》)他的为人也很有一点豪侠之气，这从他的生平主张，特别是《为人要则》中的《急难》篇可以看出。由此可见，蒲松龄笔下的那些书生是含有自我塑造、自我寄托的意味的，他们身上既有作者现实生活的影子，也有作者理想人格的投射。

作者笔下爱情故事的男主人公，便是这样一些寄托着自我色彩的、虽无科名却有着美好性格与才情的人。他们痴情诚笃、狂放不羁、风流倜傥、慷慨任侠；他们于仕途之外，有着别样的嗜好与追求；他们有青钱万选之才，锦心绣口。他们不是靠着官阶与财富这些身外之物，而是凭着才学、性情赢得了女性的青睐。正因为如此，聊斋笔下的男女主人公之间所具有的就不仅仅是普通的男女相悦，更具有高山流水的知音、知己之情。《连城》后的"异史氏曰：一笑之知，许之以身，世人或议其痴；彼田横五百人，岂尽愚哉？此知希之贵，贤豪所以感结而不能自已也。顾茫茫海内，遂使锦绣才人，仅倾心于蛾眉之一笑也。悲夫！"就很明白地点出了作者于茫茫海内四处寻觅知己而不得，最后才将知己之求指向女性的苦衷。如果说，现实生活中像蒲松龄这样的落魄才子"才气无所用之"，"学问无所用之"，"性情无所用之"（张岱《雁字诗小序》），那么，在聊斋所开辟的这一片爱情领域中，这一切就都有了用武之地。以《连城》为例，乔生"少负才名"，"为人有肝胆"，豪爽仗义，为士林所推重，然而却一再困于场屋，是个现实中的不得志者。但是，他的价值却在爱情领域中得到了全面的展现：连城的父亲为自己女儿所刺之"倦绣图"征诗，意在择婿，乔生献诗两首，以才情为连城所重，乔生也引连城为知己，这是才气与学问"有所用之"。当连城身患重病，只有得到男子的胸前肉一钱做药引才能治好时，乔生便毫不犹豫地自己动手，割肉相报。得知史家无法践约以连城相许，面对千金的酬谢，拂袖而去。后来得知连城已死，竟真的"士为知己者死"，在前去吊唁的时候"一痛而绝"。这一切，则是"性情有所用之"。而乔生的所作所为，也得到了丰厚的回报：当乔生献上自己为连城所作的两首诗，她不仅逢人便称道乔生的才华，而且还假托父亲的名义给家贫的乔生以经济上的帮助；当乔生割却心头之肉为其治病，她虽然无法以身相许，然心已许之，故在相逢时为之"秋波转顾，唇齿嫣然"；死后为鬼，得知乔生殉情，感泣不已，及得到有力者的帮助，二人魂返故里，她又主动冲破了少女的羞涩，请求"先以鬼报"。但明伦评"士为知己者死"为"一篇主意"，诚为极有见地之语。

连城在《聊斋志异》爱情故事的女主角中是极有代表性的。综观这些年轻的女性，她们大都非常美丽，能够满足男子对女性美貌的追求；她们一般都具有良好的知识素养，是文士们的文章知己；她们只看重书生的才华，而从来不注重什么功名地位；她们有着不同流俗的人格价值取向，能够理解和欣赏文士们的"痴""狂"，知道这种性情实属难能可贵；她们有一颗细腻的心，对所倾慕的男子，能予以十二分的关怀与体贴；她们理解书生的自尊与矜持，于是就常常主动相就，甚至是跳墙而来。仅仅是这些，也就足够了，但是，她们给予自己心上人的，还不只是身体与精神上的满足。由于她们的所爱多是和作者一样倒霉而家境并不富裕的科场落拓者，他们面临着更实际的生活困难，所以她们往往不但不需要他们破费，给他们增加经济负担，相反，还会以自己的方式帮助男子改善生活。现实中的女性，如连城是假托父亲的名义给乔生以资助；那些异类幻化而来的女性，各靠自家神通致富，就更是不成问题了。

很明显，聊斋爱情故事中的女主人公，是专门为作者这样的落魄寒微的士子而设计的，她们几乎是全方位地满足了他们的几乎一切欲望，无论是他们对个人价值的认定，还是他们摆脱贫穷的愿望。在这些女性面前，士子的自尊心得到了极大的满足。如果说，科场给像作者这样的读书人带来了人生的失意与不幸，使他们的自尊与自信受到了挫伤，那么，这一切在情场上都得到了丰厚的补偿。

# 熬场的呻吟

# 幽冥录与孤愤书

少年蒲松龄怎么也没有想到，他的名声竟然要靠当作家来建立，因为他的寄托本来是"他日勋名上麟阁，风规雅似郭汾阳"，要和对唐朝有再造之功的郭子仪比一比的。我们没有必要嘲笑他"痴心妄想"。因为读书人本来就是封建社会中弹性最大的一个阶层。"十年寒窗苦，一朝得意回。禹门三汲浪，平地一声雷"，"朝为田舍郎，暮登天子堂。将相本无种，男儿当自强"，哪一个读书人能面对这样的句子无动于衷呢？况且，对于蒲松龄来说，这志向虽大，但也不是完全没有可能。他十九岁就以县府道三个第一取上了秀才，在众人的眼里，他是一匹黑马，是一颗正在升起的希望之星。他有理由相信，一条盛开着鲜花的大道正在他的面前延伸。

但失望者注定是多数。原因非常简单，传统农业社会的生产能力是有限的，养活不起那么庞大的官僚阶层。这就注定了读书其实也是风险很高的事业。读书阶层必然被分化：

一部分爬到社会的上层，而另一部分则沉沦下层。它的态势呈现金字塔形：上层得意者是少数，构成庞大基底的则是为数众多的失败者。

于是，划分的途径成为解决这一问题的关键。自隋唐以后，中国普遍采取的是科举制。历代的统治者对此都极为重视，也力图在力所能及的范围内做到公平与公正。历代场规都极为严格，如进场搜身、禁止夹带、试卷糊名，对泄题、舞弊者动辄处以极刑甚至满门抄斩。如果我们不是对于科举制度特别是明清以来的八股取士制度怀有偏见的话，就会发现这种制度确实是卓有成效的。仅以清代而言，方苞、袁枚、施闰章、纪晓岚、曾国藩、张之洞、李鸿章、梁启超、康有为、张謇等杰出人才就都是科举制度遴选出来的优胜者。

但是，能不能说科举制度就真的做到完全公平合理了呢？当然也不能。科举考试的范围完全限于文史，方式只是作文与作诗，套用现代词汇，完全是文科，且是主观试，虽说已经有预先设定的种种条件，取舍不至于漫无标准，但毕竟不能做到完全的公平合理（即在今日，怕也未必），更何况还有朝廷屡禁不止的科场舞弊，以及许多敷衍塞责乃至有眼无珠的盲目试官。

优劣标准大体则有，而遗珠漏贤亦为数不少，这就是科举的客观情况。这种情况也就规定了大多数读书人对于功名的态度：因为大体有一定的标准，所以努力也就不是漫无目标，而不中也就足以带来耻辱；又因为优胜者毕竟是少数，而这种竞争又不是完全公平公正的竞争，其中有太多人为的不平因素，所以也就有足够的理由慨叹个人的命运乃至对造成怀才不遇的环境的怨愤与怒骂。换一种选拔方法，比如采取拈阄制，恐怕就没有那么多失意与不平了。没有谁会因为摸彩票得不到大奖而自卑消沉。这并不是什么俏皮话，苏格拉底时代的雅典选举领导人，用的就是这种方法。但正如同苏格拉底所说，这确实公平，也确实荒唐。

蒲松龄正是这样一个在科场竞争中失意的读书人。科场不遇，带给他巨大的精神折磨："觉千瓢冷汗沾衣，一缕魂飞出舍，痛痒全无。痴坐经时总是梦，念当局从来不讳输。所堪恨者，莺花渐去，灯火仍辜。嗒然垂首归去，何以见江东父老乎？问前生何孽，人已彻骨，天尚含糊。闷里倾樽，愁中对月，欲击碎王家玉唾壶。"（《大圣乐·闱中越幅被黜，蒙毕八兄关情慰藉，感而有作》）"风檐寒灯，谯楼短更，呻吟直到天明。伴倔强老兵，萧条无成，熬场半生。"（《醉太平·庚午秋闱，二场再黜》）一再的科名无分，使得他日坐愁城，痛苦万分。他慨叹自己怀才不遇的命运，常把自己比作误落粪坑中的花朵："鬓发已催，头颅如故，怅怅何之？想溷旁花朵，今生误落，尘中福业，前世或亏"（《沁园春·戏作》），"盖有漏根因，未结天人之果；而随风

157

荡堕，竟成藩溷之花"（《聊斋自志》）。花朵本同样娇艳，但一阵风儿吹过，有的落在粪坑里，有的却被美人拾得，从此，就命运悬隔了。

科场上的屡败屡战与屡战屡败，使得蒲松龄的精神历尽折磨，难以在人间获得精神的平衡。在他的心中充满了悲凉孤独之感："遍游沧海，知己还无；屡问青天，回书未有。惟是安贫守拙，遂成林壑之痴；偶因纳税来城，竟忘公门之路。漫竞竞以自好，致落落而难容。膏火烧残，欲下牛衣之泪；唾壶击缺，难消骥枥之心。归雁衔芦，畏霜自蔽；寒蝉抱木，吊影行吟。"（《上健川汪邑侯启》）以至发出了"知我者，其在青林黑塞间乎"的哀叹。对自己才华的确信与怀才不遇的悲愤结合在一起，使得他很自然地想起古代那些与自己有着相同或类似的命运的文士。举凡屈原、贾岛、李贺，都曾被他拿来自比。人总是在追求着自我的实现，古人一向有所谓"立德立功立言"之说，当蒲松龄科举路断，"立功"无望的时候，他所蕴含着的一腔悲愤抑郁之情就只有在"立言"中得到宣泄，并以此求得自我价值的实现。就个人命运而言，蒲松龄的怀才不遇是极大的悲剧；但就中国文学而言，这却是个莫大的幸运。"发愤著书"这个古老的命题再次在他的身上得到了印证。蒲松龄的一生留下了大量的诗、词、文，但他投入精力最多，并为他赢得了百代盛名的，则是《聊斋志异》。从幼年就养成的"雅爱搜神"的爱好，自明末至易代不改的传奇风韵，冯梦龙、李贽等人对于小说所做的大胆肯定，特别是传奇须"史才、诗笔、议论"俱备的文体特点，都使得他对于文言小说情有独钟。他不是像那些仕途得意者仅仅把小说作为消愁解闷或闲谈的点缀，而是将其看作不朽的事业，并以此证明自己"半生沦落，非战之罪"。

于是，在蒲松龄的笔下，就有了一大批科场中的悲剧英雄。他们大都出身寒门，或者虽系故大家子，而今已是家道式微。他们虽然文章辞赋冠绝当时，但几乎无一例外地在科举考试中受到挫折。在这些人物身上，生动地闪耀着作者自身的影子，深深寄托了作者的身世感慨，通过他们，寄予着作者对自身才华的肯定。

以《叶生》为例。叶生的才华受到潍阳令丁乘鹤的赏识，由于丁"游扬于学使"，他得以第一名进学。可是在乡试中，他却依然铩羽而归。叶生面对一再的打击，一蹶不振，"愧负知己，形销骨立"，终于忧愤而死。叶生死后，魂从因忤上司而免职的丁乘鹤而不知身已为鬼，并将自己的才华尽数传给丁公之子。在叶生的教授下，丁公之子在乡试中考中第二名举人，不久又在会试中高中。在丁公父子的劝说下，叶生的鬼魂应试，终于得中。当他的魂灵回乡见到妻子，被妻子点破他已经死去多年，便扑地而灭。但明伦刚读到文章开头，就"为之大哭"，冯镇峦读到一半，就"放声一哭"。这则并不太长的故事之所以有如此动人的艺术力量，就因为在叶生身上，熔铸着作者自身的经历。正如冯镇峦所说的"余谓此篇即聊斋自作小传，故言之痛心"。"文章憎命，所如不偶"，是叶生的经历，也是蒲松龄的经历；叶生因为丁乘鹤的游扬而取得秀才第一名，也是蒲松龄早年受知于县令费祎祉、学使施闰章的移植；叶生放榜后嗒然而归，"愧负知己，形销骨立，痴若木偶"，也正是蒲松龄铩羽而归后"觉千瓢冷汗沾衣，一缕魂飞出舍，痛痒全无"的写照。因此，我们完全可以说，《叶生》一篇，正是作者用泪水和笔墨写成的自画像。在这幅自画像中，我们不难看到蒲松龄的满腹悲酸。丁公曾问叶生："君出余绪，遂使孺子成名，然黄钟长弃，奈何？"叶生回答："是殆有命。借福泽为文章吐气，使天下人知半生沦落，非战之罪也，愿亦足矣。"在这看似达观的言辞中，又浸透了作者多少的无奈，多少辛酸的人生感受。

表现这种"文章辞赋，冠绝当时，而试则不售"的文士题材的作品还有多篇，如《司文郎》《素秋》等篇。所有这些故事都是悲剧，悲剧的主人公都带有明显的自我再现色彩，作者怀着沉重的心情，对他们的人生遭际给予深沉的惋惜与哀叹，正是以此表达作者的极度的怀才不遇之愤和对自身才华的富于感伤色彩的肯定与褒扬。

对主体价值的高度认定，必然导致对压抑、埋没主体价值的环境的批判。于是，在《聊斋志异》中，出现了大量批判科举的作品。囿于历史的局限，蒲松龄对科举作的批判，主要是基于自己怀才不遇的悲愤，站在科举失意的弱势读书人的角度上进行的，所以批判的矛头也就更多地指向那些使自己受害的科举考试的具体运作者——试官身上。这种批判是从两个角度进行的，一是从道德角度出发，揭露考官的徇私舞弊；二是从识鉴能力出发，揭露他们有眼无珠，头脑冬烘。

在《聊斋志异》中，科场与市场没有什么本质的差别。《神女》中一再强调，"今日学使署中，非白手可以出入者"，"学使之门如市"；《僧术》中，作者以僧人答应替黄生贿赂冥中主事者得中科第一事，来讽刺科场的贿赂公行；《考弊司》用阴间虚肚鬼王对士子惨无人道的盘剥来影射人间考官的贪婪和无耻。这些故事虽多笔涉幽冥，但锋芒所指，却正在人间。

对于无目司衡的批判构成了《聊斋志异》中最精彩、最富于个性的内容之一。这种批判，有时是异想天开的，在嬉笑怒骂、冷嘲热讽中，将自己的一腔孤愤淋漓尽致地倾泻而出。如《贾奉稚》中才华冠绝一时的贾奉稚，当他竭尽全力写出花团锦簇的文字时，就会名落孙山；当他"戏将遍冗泛滥，不可告人之句，连缀成文"的时候，竟能高中经魁。对这样的文章竟能高中，贾奉稚称为"以金盆玉盏盛狗

屎"。《司文郎》中，借一位前生为古文大家的盲僧之口，对
考官大加讽刺："仆虽盲于目，幸不盲于鼻；帘中人并鼻盲
矣！"他嗅王生之作，"以脾受之"，但王生竟名落孙山；他
嗅余杭生的文章，被呛得咳逆数声，余杭生却能高高得中。
文中有一段令人绝倒的盲僧嗅试官文字的描写：

> 生焚之，每一首，都言非是。至第六篇，忽向壁大
> 呕，下气如雷。众皆粲然。僧拭目向生曰："此真汝师
> 也！初不知而骤嗅之，刺于鼻，棘于腹，膀胱所不能
> 容，直自下部出矣！"生大怒，去，曰："明日自见，
> 勿悔，勿悔！"越二三日，竟不至，视之，已移去矣。
> 乃知即某门生也。

这是一段具有漫画格调而又十分辛辣的文字。既然考官本人
的文字是如此臭不可闻，那么，文运颠倒、良莠不辨又有什
么奇怪的呢？

蒲松龄和当时绝大多数的读书人一样，对科名十分看
重，对于自己的一再不第，他是耿耿于怀的，并视为一生的
遗憾与耻辱："无似乃祖空白头，一经终老良足羞。"（《喜
立德采芹》）当他构思贾奉稚应试以及盲僧嗅试官之作而下
气如雷这样荒诞的情节的时候，显然是怀着"精神胜利"
意味的。他用对"帘内诸官"的极度贬抑来抚慰自己那颗

饱受创伤的心，在对于考官的嬉笑怒骂中为自己的科举失利找到了最为光荣的解释。

没有科场的失败，就没有《聊斋志异》——至少没有今天我们见到的《聊斋志异》。因为"孤愤"乃是《聊斋志异》全书之骨。造物是公平的，他左手拿去了蒲松龄所热望的功名富贵，右手却给了他更加可贵的百代不衰的盛名。

尽管我们的许多作家做梦都愿意得到前者。

# 看得破与忍不过

《金瓶梅》中有两句形容好色之徒对待情欲的态度，叫作"生我之门死我之户，看得破时忍不过"。这后边的一句说得真好。其实，任何人，面对任何让他痴迷的东西，都难以逸出此话的涵括之外。

对于蒲松龄来说，科场功名就是登徒子眼中的妖姬，就是赌徒眼中的筹码，就是酒鬼眼中的佳酿，就是守财奴眼中的黄金。因为得不到，就更为它梦魂萦绕，寝食难安。清夜无人时，他也感到羞愧，问自己为了这浮世功名受尽精神的折磨是否值得；但回到熙熙攘攘的人群，他就又为世俗的力量所挟裹，身不由己地向前冲去。

这就使得现实中的蒲松龄处在一种进退失据而充满矛盾的状态。他一面尽情地嘲笑那些有眼无珠的考官，一面又不能无望于功名，年过花甲犹冲风冒雪于青州道上，冀搏一第；一面认为一部肉鼓吹（鼓吹，古代的一种合奏乐，肉鼓吹原为比喻受刑人的惨叫声，这里指为官暴虐）对他来说没有什么意义，一面又忍不住对功名富贵"情见乎词"，甚至在家闲居时也每每拿"作夫人"来诱惑自己年过半百的老妻，引得老妻哂笑；一面已经意识到《聊斋志异》会给他带来百代不衰的盛名，一面又非常看重他那个七十岁才得到的对于他已经毫无意义的岁贡（高级秀才）名誉，以至于在子孙请人给他画像的时候还不忘记把这件标志着身份的官服穿上：蒲松龄就这样穿着他那件怪模怪样的官服，面对子孙后世的瞻仰。

这种矛盾的态度，也充分体现在《聊斋志异》当中。

任何读过《聊斋志异》的人，想必都会对蒲松龄笔下黑暗的科场有深刻的印象。那个盲目僧人嗅糊涂考官的文章而下气如雷的故事，今天还让我们忍俊不禁；贾奉稚面对自己用平生最不可告人的文字写成的文章竟然高中这一现象所发出的"以金盆玉盏盛狗屎"的慨叹，今天还让我们为之莞尔。这些文字，加上他在《聊斋志异》中所显露出来的出众的才华，我们差不多已经认定了：蒲松龄之所以没有考上举人，完全是因为他的文章太好，因而不可能被这样一群狗屁不通的冬烘考官们看上。

但是，在同一部《聊斋志异》里，蒲松龄又为他笔下的许多理想人物安排了科举之路上的飞黄腾达。比如《镜听》中的名士二郑，经过刻苦努力，终于一举及第，使得自己的妻子摆脱受尽公婆白眼的窘境而扬眉吐气。我以为，在《聊斋志异》中，最让人神志发扬的文字就是《镜听》中二郑的妻子在"中情所激，不觉出之于口"的状态下奋力扔掉擀面杖时说的那句"侬也凉凉去！"了。《胡四娘》中"少慧能文"的程孝思，《姊妹易嫁》中的毛公，都是以贫寒出身而终于金榜题名的士子。这些作品不如《叶生》《贾奉稚》有名，大半是蒲松龄对于寒士下第、中情郁结的情感体验深，而对于"朝为田舍郎，暮登天子堂"的情感体验匮乏；而小半则是中华人民共和国成立以后认为这种故事有宣扬科举改换门庭的嫌疑，因而常常受到批评的结果。文学作品的解读和创作一样，也带有鲜明的时代烙印，我们对前者更感兴趣无可厚非，但要比较全面地了解蒲松龄的思想，后者却也不可忽视。

　　蒲松龄自己也意识到了这种精神状态的可悲与可怜。《王子安》就是表现这种反思的明证。和蒲松龄一样，王子安也是一个"困于场屋"的名士。大概是失望的次数太多以至于难以自抑内心的焦灼，所以在乡试放榜之前，他喝酒醉得一塌糊涂，结果为狐仙所戏弄。在酒醉后的狂想中，他一会儿大呼"赏钱"，一会儿又大骂"长班"，出尽了洋相。这里颇有意味的是他妻子的态度。当他在半梦半醒时解释"长班"如何可气的时候，他的老妻笑道："家中止有一妪，昼为汝炊，夜为汝温足耳。何处长班，伺汝穷骨？"这里，我们分明看到了蒲松龄妻子刘氏的影子。特别值得注意的是

《王子安》后面的那则"异史氏曰":

> 秀才入闱,有七似焉:初入时,白足提篮,似丐。
> 唱名时,官呵吏骂,似囚。其归号舍也,孔孔伸头,房
> 房露脚,似秋末之冷蜂。其出场也,神情惝恍,天地异
> 色,似出笼之病鸟。迨望报也,草木皆惊,梦想亦幻。
> 时作一得志想,则顷刻而楼阁俱成;作一失志想,则瞬
> 息而骸骨已朽。此际行坐难安,则似被絷之猱。忽然而
> 飞骑传人,报条无我,此时神色猝变,嗒然若死,则似
> 饵毒之蝇,弄之亦不觉也。初失志,心灰意败,大骂司
> 衡无目,笔墨无灵,势必举案头物而尽炬之;炬之不
> 已,而碎踏之;踏之不已,而投之浊流。从此披发入
> 山,面向石壁,再有以"且夫""尝谓"之文进我者,
> 定当操戈逐之。无何,日渐远,气渐平,技又渐痒,遂
> 似破卵之鸠,只得衔木营巢,从新另抱矣。如此情况,
> 当局者痛哭欲死,而自旁观者视之,其可笑孰甚焉。

这实在是整部《聊斋志异》中最苦涩的文字之一。它以一种
黑色幽默的笔调,以旁观者的眼光,勇敢地把自己最柔弱而
痛苦的部分呈现在世人面前。因为对蒲松龄来说,最折磨他
灵魂的事情并不是考不上举人,甚至也不是怀才不遇的命
运。同样的境遇,产生的精神状态却可以有天壤之别。冯梦

龙也没有考上举人，但在《老门生三世报恩》中，我们看到的却是一种对未来充满憧憬的昂扬斗志——这种状态并不值得嘲笑，因为年龄很大才考上举人、进士的读书人在过去并不是少数：乾隆年间的谢启祚九十八岁中举，陆从云一百零三岁中举，六七十岁才考上举人的更是比比皆是。蒲松龄的境遇在过去的读书人当中并不是特别悲酸。他毕竟是秀才，而秀才就可以免去相当的赋税，到了地方衙门，也还可以受到礼遇而不必像一般平头百姓那样磕头跪拜。历任淄川县令都对他优礼有加，把拜访他这位地方名人当作到任的重要大事；山东按察使喻成龙还把他接到省城，与他谈诗论道；甚至官拜尚书的文坛盟主王士禛也是他相交非浅的朋友。所以，真正折磨他灵魂的，其实是他自己进退失据的精神状态。他看透了即使考上举人、进士也不过是经历"两三须臾"的得意而已，但又不能果断地放弃科举这一条荣身之路；他明明知道自己的痛苦在旁人眼中可笑得无以复加，但又沉溺在这种痛苦中无法自拔。坚定的信念使人坚强，因为在坚强的人看来，挫折是对于灵魂的考验：如江姐这样信仰坚定的共产党人面对非刑折磨，感受到的只是身体的疼痛，而不是精神的痛苦，在对于疼痛的忍耐中，她甚至会有灵魂提升的幸福感。但是，蒲松龄却没有这种坚定。为了一件他也认为没有太大意义的事情而屡战屡败、无法自拔，这才是让他最感到难堪而痛苦的事情。

在科举已经成为历史的今天，我们似乎很容易指出蒲松龄的执迷不悟，并对他表示一种基于优越感而生出的同情。但是，这"看得破时忍不过"难道只是蒲松龄所面对的困境吗？《兰亭序》中有两句很可以发人猛醒的话，叫作"后之视今，亦犹今之视昔"，在后世子孙看来，今日的我们难道不是在荒唐中度日吗？我们激情满怀地从事的很多所谓事业，在后世看来其实是一场又一场的闹剧；有些人常常自我感觉良好，但在他人看来不过是滑稽异常的小丑。时间的河流不断向前，但生活在两岸的一直是面对一个又一个"今日"的人。把生命花费在每天八个小时拧螺丝上，并不比皓首穷经更有意义；把时间花费在喝掉一杯又一杯茶水，对领导的每一个眼色都诚惶诚恐的生活状态，并不比汲汲于功名更加高明。后人又当如何评价我们今天已经被异化得一塌糊涂的人生呢？

所以，让我们怀着宽容与理解的心来体察蒲松龄吧。至少，他还有一种自我解嘲的勇气与幽默感，还有为他带来百世盛名的《聊斋志异》。

# 镜　听

　　所谓"镜听"，乃是一种过去非常流行的民间习俗，具体来说就是在除夕或大年初一的时候，将一面镜子藏在胸前，然后出门听过路人说话，听到的第一句话，就是你要占卜事情的吉凶祸福。

　　《聊斋志异》中，就有一个和镜听有关的故事。故事讲山东益都有一户姓郑的人家，家里有兄弟两个，都是读书人。老大学业优秀，所以父母就很喜欢老大，爱屋及乌，连老大的媳妇都跟着受到父母的喜欢。老二在学业方面不如哥哥优秀，所以就受到父母冷落，厌屋及乌，连老二的媳妇都受到父母的冷遇，见面甚至都懒得搭理他们。兄弟两家，在父母那里受到的待遇可以说是有如天地之悬，云泥之判。

　　面对如此不公平的待遇，二媳妇愤懑难平。她私下里常对丈夫说，都是男人，你怎么就那么窝囊！你就不能给自己的老婆孩子争口气吗?！到后来，因为嫌弃丈夫窝囊，甚至干脆就不再和丈夫同床了。

　　妻子的言行，自然给老二以很深的刺激。在巨大的刺激之下，老二发愤图强，学业有所起色。随着老二的进步，父母对老二一家的态度也有所转变，但比起对老大一家来，还是多少有些差别。

　　明清两代举办乡试都是三年一次，分别在子、午、卯、酉年举行。古人把乡试叫作"大比"，相应地，举办乡试的这一年也就被叫作大比之年。大比之年前的除夕，二儿媳妇就想用镜听的方式，来占卜一下丈夫的运气到底如何。她怀里藏着一面镜子出门，走到大门外，正巧两个人在雪地里打闹，一边互相推搡，一边说"你也凉快凉快去"。

　　"你也凉快凉快去"，这就是镜听的结果了。但是这到底是什么意思呢？她百思不得其解，也就只好先把这话放在一边。

　　转眼就到了乡试的时间，兄弟两个都去参加考试。考试的时间是八月初九、十二、十五三天。一般来说，农历的八月已是秋高气爽，但这一年乡试的时候，天气还是非常炎热。到放榜那天，两个儿媳妇一边在厨房里汗流浃背地做饭，一边焦虑地等待着消息。等了一会儿，送喜报的人来了，说是老大考上了举人。婆婆听说老大考上了，就来到厨房，对大媳妇说老大考上了，你凉快凉快去。大媳妇欢天喜地走了，剩下二媳妇一人在厨房里，又是愤怒，又是羞惭，一边汗流浃背地烙饼，一边暗暗垂泪。此时此刻，恐怕把全家掐死或者一顿擀面杖敲死的心都有。

过了一会儿，送喜报的人又来了，说是老二也考上了。不等婆婆到厨房叫她，儿媳妇就用力地把擀面杖一扔，说我也凉快凉快去！二媳妇说出这话，完全是一腔激愤，脱口而出，根本就不假思索，但出口之后，自己也豁然明白，原来除夕镜听到的"你也凉快凉快去"，竟然是对丈夫今年中举的准确预言。

这故事是真的吗？我们不得而知。但不管故事本身是真的还是假的，其背后所反映出的社会现实却是极其真实的。郑家二媳妇在岁末年初之际怀抱着镜子，听出的是丈夫的科场命运，但对我们来说，通过这面镜子所看到的，却是人情冷暖、世态炎凉，乃至更为广阔的社会历史文化。

对郑家父母而言，两个儿子都是自己亲生的，手心手背都是肉，但为什么对两个儿子的态度有如天地之悬？对二郑媳妇来说，难道她自己就没有欲望吗？为什么要以性要挟的方式逼迫丈夫努力学习？

原因只有一点：对个人也好，对家庭乃至整个家族也好，能不能考上举人，那差别实在是太大了。一旦考上，它的回报也是立刻、直接而巨大的。《镜听》写到二郑媳妇把擀面杖一扔，说了句"侬也凉凉去"戛然而止，没有往下写。此后发生了什么，我们可以参考同样是清代小说的《儒林外史》。以范进为例。范进在中举之前，家里穷愁潦倒，只有一只下蛋的母鸡，还不得不抱到外面去换一点米吃。在家庭中的地位极其低下，做屠夫的丈人只要想，随时可以劈头盖脸地将其训斥一顿。但考上了举人，一切都变了。有送钱的，有送土地田产的，有送丫鬟仆人的，一下子就过上了人上人的生活。而"一人得道，鸡犬升天"，不仅是科举成功者本人，整个家庭也会因此而发生巨大的改变。范进的母亲，原来被胡屠户叫作"你那老不死的老娘"，范进一旦考上举人，立刻就成为"老太太"而受到众人众星捧月般的簇拥。科举就是能够这样转眼之间能让人的生活发生天翻地覆的变化，试想，有几个家庭能无动于衷呢？

但比人情冷暖与世态炎凉更值得深思的恐怕还是其背后的社会与制度基础。为什么同样一个人，考上之前与考上之后，人们对待他的态度会发生如此巨大的变化？归根结底是因为他的社会身份发生了巨大的变化。没有考中之前，你的身份还是"民"；而一旦考上，你就变成了"官"。在今天看来，官员的定位是"人民公仆"，是为人民服务的；但在古代，"官"则是掌握着百姓生杀之权的高高在上的"老爷"。对于这一点，《聊斋志异》中的《夜叉国》做了一个堪称绝妙的描述。在《夜叉国》中，已经在中国做了官的大哥回夜叉国去接弟弟到中国跟着自己混："出则舆马，入则高堂；上一呼而下百诺；见者侧目视，侧足立：此名为官。"什么是"民"？在下面诺诺连声、侧足而立、侧目而视的就是了。二者之间，就是这样的天地与云泥之别。一旦考中，从此就进入了社会的统治阶层，成为掌握权力与财富的上层一员。"势"与"利"变了，势利小人看你的眼光自然也就变了。

在《镜听》故事的后边，蒲松龄写下了一段饱含感慨的话："贫穷则父母不子，有以也哉！庭帏之中，固非愤激之地，然二郑妇激发男儿，亦与怨望无赖者殊不同科。投杖而起，真千古之快事也！"蒲松龄在这里用了个典故："贫穷则父母不子。"典故来自《战国策·秦策》，说苏秦最初以连横之术游说秦惠王，秦惠王不感兴趣，苏秦所带的盘缠用光了，只好形容枯槁、面目黧黑、满脸羞愧地狼狈回家，回家时妻子正在织布，听说他回来了，连织布机都没下。嫂子不给他做饭，父母不和他说话。苏秦大受刺激，于是刻苦读书，困了累了，就拿锥子扎大腿，强迫自己保持清醒。经过努力，学业大进，再以合纵之术游说赵王，大得赵王欢心，封武安君，挂相印，锦衣貂裘，身后有兵车百乘相随。当他再次经过家乡时，父母出城三十里相迎，妻子不敢正视他的眼睛，嫂子跪在地上给他谢罪。苏秦大有感慨，于是就说出了一句直指人心、也是直刺人心的千古名言："贫穷则父母不子，富贵则亲戚畏惧。人生世上，势位、富贵，盍可忽乎哉！"

　　苏秦这话，真是说尽了古往今来的世态炎凉，而蒲松龄的一句感慨"有以也哉"，也就表明了他对这话的认同。正是出于这样的心理动机，我们看到，蒲松龄其实写了很多读书人在久经压抑之后，靠着自己的努力一举及第，从而以自身行动回应了，也可以说是报复了众人的故事，比如《胡四娘》《姊妹易嫁》等。在这类故事中，寄寓的不仅是对于功名的梦想，更有翻身的热望。

# 僧　术

《僧术》的主人公是一个姓黄的书生，出身于已经败落的大家，也算腹有诗书。

黄生家附近有个庙，庙里有个和尚，和尚与黄生的关系很好，经常在一起聊天。后来和尚云游去了，一去就是十年。在这十年之中，黄生参加了两三次乡试，但每次都是铩羽而归。

十年之后，和尚回来了。看到黄生依然在乡下，身份依然是个秀才，不觉感慨万千。说这十年不见，我原本以为你早已飞黄腾达，没想到还是从前的样子，想来是你福分浅薄的原因吧。这样吧，我懂一些法术，能够贿赂阴间主管科举考试的使者，改变你的命运。以现在的行情，要做到这些，至少需要铜钱十千。你能够凑足十千钱吗？

十千钱，按照清朝前期的购买力来算，约合现在的人民币三四千块钱左右。这笔钱，对于有钱人来说那是九牛一毛，但对于贫穷的黄生来说，却算是一笔巨款了，所以黄生直截了当地回答："不能。"

和尚见黄生连十千钱都拿不出来，心中对黄生更加怜悯。说这样吧，你自己准备一半，剩下的五千钱，我来替你筹措。三天之内，请务必将钱筹好。

黄生答应了。于是在接下来的三天里，黄生东挪西借，总算凑够了五千钱。

到了第三天约定的时间，和尚果然如约而至，手里提着替黄生筹措的另外五千钱。

阳间的钱，怎么能送到阴间呢？和尚对黄生也交代了一番。原来，黄生家里有一口井，这口井深不见底，即使在最干旱的时候，井水也不曾干涸，所以人们都传说这口井能直接通到大海。把钱送到阴间，就离不开这口深井。和尚让黄生把十千钱捆成一大束，堆放在井沿上。说我现在开始往庙里走，你估摸我到了的时候，就把这十千钱一起推到井里。再等大约半顿饭的工夫，你就会看到有一个很大的铜钱从水里冒出来，这时你赶紧向着这个大钱行礼，事情就妥了。说完，和尚就告辞黄生，急匆匆向寺庙的方向而去。

黄生一个人站在井边。按说，他只要照和尚的嘱咐，把十千钱一起推到井里，就万事大吉了。可就在将钱推到井里的一瞬间，黄生舍不得了。心想这些钱投到水里，有没有效果还不一定，可十千钱却是实实在在地没了，实在是太可惜了。思前想后的结果，他把其中的九千文藏了起来，只将一千文投进了水中，然后站在井边注视着水面，静待事态的发展。

按照魔术师经常讲的一句话，下面就是"见证奇迹的时刻了"。

过了不大一会儿，水井里忽然冒出了一个巨大的水泡。水泡浮到水面上就破了，并发出非常巨大的声音。随着水泡的破裂，足足有车轮那么大的一个钱从井底浮出，并稳稳当当地停留在水面上。黄生一看，吓了一大跳，赶快按照和尚的叮嘱向大钱行礼。拜过之后，对和尚说的话已经是相信了大半，但就是这样，还是舍不得把余下的钱都放进去，而是又取过四千钱，投到水井之中。不过这四千钱却并没有像刚才那一千钱一样沉到水里，而是落到了大钱之上。

到了傍晚的时候，和尚来到了黄生家。一见面，和尚就责备黄生，说你为什么不把十千钱一起都投到水里。黄生还想抵赖，说我已经都投到水里了。和尚说阴间的使者只收到了一千钱，你怎么还抵赖呢？看到实在瞒不过，黄生这才把实情都告诉了和尚。听了黄生的解释，和尚叹息道："鄙吝者，必非大器。此子之命合以明经终。不然，甲科立致矣。"意思是说，吝啬的人，一定难成大器。一千钱，只能中个乡试的副榜，得到一个贡生的功名而已。假如你刚才把十千钱都投到水中，这一科你马上就能考中进士。这大概就是你的命吧。

　　所谓"明经"，是明清时期对乡试副榜考生的一种别称。这是对那些虽然没有考上举人，但成绩也还不错的考生的一种鼓励措施。具体做法就是于正榜之外，另设一榜，对这些考生同时予以公布。名列副榜的考生，虽然也还是不能获得举人的功名，也不能和举人一样去参加会试，但却拥有了到国子监读书的机会，成为所谓的"贡生"——当然，贡生说到底还是秀才，不过是"优秀秀才"而已，和举人相比，那是绝对不可同日而语的。当黄生知道自己一时的吝啬竟然导致了这样严重的后果，后悔得肠子都青了，再三请求和尚再为他到阴间通融，和尚却说什么也不肯答应，叹息着离开了黄生家。黄生再到井边观察，发现大钱还没有沉下去，后投下去的四千钱仍然还在，于是就用钩子将钱钩了上来，大钱这才缓缓沉入了水底。

　　故事最终的结局，果然如和尚预言的那样，在当年的乡试中，黄生中了副榜，得到了一个贡生的功名，从此以后，就再也没有在科举之路上前进一步。

　　这篇故事读起来还是挺有意思的。通过这个故事，我们能看到些什么呢？从表面来讲，我们看到的是一个书生，在命运的转折关头，因为舍不得花一点小钱，终于误了自己的终身大事。从那个和尚对黄生说的话"吝啬的人，一定难成大器。一千钱，只能中个乡试的副榜，得到一个贡生的功名而已。假如你刚才把十千钱都投到水中，这一科你马上就能考中进士"来看，和尚似乎对黄生有点哀其不幸怒其不争的味道，那意思仿佛是在说，用非常可怜的一点付出，却想得到丰厚的回报，这本身就是一个笑话。

和尚的话，令人想起了一个很有意思的典故。说战国时期，楚国派兵侵犯齐国，齐威王慌了，就派淳于髡到赵国求救，给他准备的礼品是一百斤黄金，以及四匹马拉的马车十乘。听到齐威王让他带给赵王的礼品，淳于髡不禁仰天大笑起来，笑得上气不接下气，连帽子的系带都笑断了。齐威王说你笑什么，难道是说我让你带的礼物太少了吗？淳于髡说我怎么敢嫌少。齐威王说不嫌少那你笑什么？淳于髡说是这样，今天早上我从东边来的时候，碰上了一件非常好笑的事情，所以才笑的。早上我来的时候，看到路边有个人，拿着一杯酒，一个猪蹄，在祈求土地神的保佑。他说我祈求土地神，让我高地上收获的谷物装满大大小小的米缸，低田收获的庄稼装满大大小小的车辆；祈愿五谷丰登，米面堆满粮仓。我看他拿的祭品很少，而所祈求的东西太多，所以才笑话他。齐威王听了，顿时明白了淳于髡的意思，于是把礼物增加到黄金千镒（一镒为二十两），白璧十双，四匹马拉的马车一百辆。淳于髡带着这些礼物到赵国，赵王发兵十万，出动战车一千辆，前来解围。楚国听说这个消息，连夜撤兵而去。回到《僧术》的故事，在和尚的话语中，我们分明又听到了和淳于髡差不多的教训：想要办大事，就要花大钱。有钱能使鬼推磨，但前提是钱多到足以能打动鬼。黄生的做法，和那个拿着一杯酒、一个猪蹄做祭品却想得到鬼神的保佑而获得大丰收的农夫，以及想靠着几辆马车、一百斤黄金而得到赵国军事援助的齐威王，其可笑处正是异曲同工、如出一辙。

但蒲松龄是在笑话黄生的吝啬吗？如果只理解到这一层次，那真的就是错会了蒲松龄了。科举应当唯才是举，能否考中，唯一有效的凭证应该是学识与才华，而不是任何其他的什么。可是在和尚口中，功名竟然成了明码标价的商品，不肯拿钱贿赂考官竟然被称为"难成大器"的"鄙吝之人"，那么，那些成了"大器"、造就"大器"的，又都是些什么人呢？当然，蒲松龄的用意，绝不是在批评和尚，他批评的，是借和尚之口说出的那个贿赂公行、无异于黑市的科场。

所以，《僧术》真正要我们反思的，乃是科举制度的漏洞。这个故事写的是和尚用法术帮助黄生贿赂阴间的使者，但其笔锋所指，却是人间科场上屡见不鲜的徇私舞弊、暗通关节。只要我们认真地读一下《聊斋志异》，就会发现，这其实是蒲松龄对科场的一个根深蒂固的印象。在《聊斋志异》中，蒲松龄其实有很多笔墨，都写到了科场上所存在的这种黑暗现象。比如《考弊司》，就同样借对阴间的描写影射了学官对考生的盘剥：无论考生肥瘦如何，都要从身上割下一块肉给学官，不然就会受到种种刁难；《神女》中也说，"今学使之门如市"，如果不用钱通融，则科名根本无望。

那么问题来了。我们知道，科举制度是隋唐以来中国最重要的制度之一，作为朝廷选拔人才的根本制度，朝廷对此极为重视，也制定了一系列严格的措施，防止可能产生的种种徇私舞弊。如《大清律·吏律》的"贡举非其人"条就明确规定："乡会试考试官、同考官及应试举子，有交通嘱托贿买关节等弊，问实斩决。"贿赂考官，是杀头的重罪，惩罚不可谓不严。既然如此，蒲松龄在《僧术》所影射的科举舞弊这一幕，到底是一种真实的存在，还是蒲松龄作为科场上的失败者而发出的激愤之语？

答案是：科场舞弊，在中国的科举史上，确实是一种真实的存在。尽管历代政府都对科举非常重视，对科场纪律一再强调，但考生为了功名富贵、考官为了真金白银，仍然不惜铤而走险、以身试法，所以科场舞弊一事，竟可以说是与科举制度相始终的。以清代而论，到底发生了多少弊案，人们已经不得而知，但根据黄超、向安强《清朝科举考试舞弊要案的计量历史学分析》一文的统计，仅惊动了皇帝的科场弊案就有十三起，而最常见的作弊手段就是考生贿赂考官，买通关节。

蒲松龄反映科举黑暗的作品，有着非常深刻的历史意义。在中国的文化史上，科举制度有着极其重大的意义。正像有学者所指出的，科举制度是"中国的第五大发明"，它最重大的意义，就是打破了贵族对社会资源的垄断和世袭，有效促进了中国社会阶层的垂直流动，使得中国出身下层的精英能够源源不断地补充到统治阶层当中，也因此使得中国的传统社会具有极大的弹性与活力。但是，这一制度能够发挥其积极意义的基础，乃是其公平、公正与公开，从而最大限度地限制权力对它的不正当干扰。《僧术》这篇作品，却为我们揭开了这项中国封建王朝根本制度在执行过程中所存在的黑幕一角。

# 蒲松龄为什么考不上举人

靠着《聊斋志异》的伟大成就，蒲松龄毫无疑问地证明了自己的才华。于是，就有无数人为他在科举考试中的一再失利喊冤、鸣不平。不是吗？写出一流作品的人肯定拥有一流才华，而这样拥有一流才华的人竟然考不上举人，这难道不是天下最冤枉的事情吗？

这种汹涌的喊声延续了好几个世纪，以至于蒲松龄的冤枉竟然成了常识。于是，蒲松龄的冤枉就成了他科场失利的解释，他科场失利又成了冤枉的证明。很少有人认真追问一下：蒲松龄为什么没有考上举人？其中的原因，难道仅仅是冤枉吗？

回答是：他没有考上举人，既有客观方面的原因，也有他自身的因素。而且，主观方面的原因恐怕要更大一些。

先说客观方面的原因。

其实这原因不必我们找，蒲松龄自己就是一个很能替自己的失败找客观理由的人。他找的原因都集中在考官身上：

一是贿赂公行，认钱不认人；二是有眼无珠，头脑冬烘；三是缺乏认真的态度，随意抽取，敷衍塞责。这只消我们读一读《聊斋志异》就可以知道。

这确实也说出了清代科举存在的部分客观情形。在清代举行的科举考试当中，存在问题最多的就是乡试这一级。这主要是因为参加这一级别考试的人数最多，录取比例最小，而朝廷派出组织各地考试的人又只有几个人。考试的人数多，阅卷的人数少，在短短的几天中就要翻阅成千上万的卷子，哪怕没有私心，那种长时间大量阅卷工作所带来的极度疲劳状态也很可能使人由于麻木而遗漏掉一些其实很优秀的作品。另外，由于录取的决定权就在几个考官，尤其是主考官手中，他们的水平、品德所起的作用就很关键了。科场弊案，清代史不绝书，基本上都和乡试有关。相对来说，秀才和进士级别的考试中，情形就好得多。这是因为秀才考试基本上在县一级就能决定，一个县的读书人不多，头脑清通的人就更少，考试又不糊名，所以但凡有点才华的，考上基本不成问题。而到了进士级别的考试，天下瞩目，皇帝亲自过问，所以主持阅卷的大多是举世公认有真才实学的人，而且阅卷的态度也格外认真，出问题的概率自然也就比较小。

我们还可以为蒲松龄的失利再加上一条客观原因。众所周知，清代乡试实行誊录制，也就是考官专门组织一些人，将考生的"墨卷"誊录为"朱卷"，考官只批阅红笔写的

"朱卷"。这条制度的本意是好的，是为了防止考官可能因认出熟人笔迹而心存偏袒。但只要是制度，就难免有漏洞。比如在许多地方都有花钱贿赂誊录手的事情。对于那些花了钱的考生，誊录手就誊录得格外认真，字迹工整，色彩鲜艳。这样的卷子，考官爱看，成绩也就在不知不觉中提高了。而对于那些不花钱的考生，誊录得就相对潦草，打动考官的概率也就相对降低。蒲松龄出身贫寒，为人又正直，自然不会想到这一招。

剩下的就是主观方面的原因了。

根据盛伟先生《蒲松龄年谱》，我们知道蒲松龄参加乡试的次数一共有十次。在这十次当中，蒲松龄自己至少认为有两次责任全在于自己。

一次是康熙二十六年丁卯科的乡试。这一年蒲松龄四十八岁。这次考试，蒲松龄的状态很好，考场上思如泉涌，手不停挥，而且自我感觉非常良好。但到了交卷时才发现，由于得意忘形，竟然"越幅"了——所谓"越幅"，就是没有按照页面顺序书写，中间出现了空页——而按照规定，凡越幅答卷，一律视为无效。这件事让蒲松龄非常懊恼。考试以后，他填了《大圣乐·闱中越幅被黜，蒙毕八兄关情慰藉，感而有作》一词，记录了他此时的心情：

得意狂书，回头大错，此况何如！觉千瓢冷汗沾衣，一缕魂飞出舍，痛痒全无。痴坐经时总是梦，念当局从来不讳输。所堪恨者，莺花渐去，灯火仍辜。

嗒然垂首归去，何以见江东父老乎？问前生何孽，人已彻骨，天尚含糊。闷里倾樽，愁中对月，欲击碎王家玉唾壶。无聊处，感关情良友，为我唏嘘。

在下一次的考试，也就是康熙二十九年庚午科的考试中，蒲松龄又犯了一次致命的错误。这次他倒是没有越幅，而是因为病势沉重，第一场的四书文完成以后，没有来得及作第二场的五经义，就因难以支持而回家了。俗话说，养兵千日，用在一时。三年的灯下苦读，为的就是这关键的一搏。但他竟然在关键时刻生病！这次给他的打击可想而知。关于这次考试，他自己也有词记录：

> 风檐寒灯，谯楼短更，呻吟直到天明。伴倔强老兵，萧条无成，熬场半生。回头自笑濛腾，将孩儿倒绷。（《醉太平·庚午秋闱，二场再黜》）

可是，还有八次呢。在这八次的考试中，蒲松龄既没有生病，也没有越幅，为什么还是没有考上呢？以蒲松龄的才华，而竟然没有考上，难道不是冤枉吗？

首先我们应该明确什么是真正的冤枉。所谓冤枉就是不公平，是应该如何而没有如何。科举考的是八股文。于是，蒲松龄的八股文到底怎样，便成了判定蒲松龄是否冤枉的核心问题。

八股文作得好坏，是有一定标准的。好的八股文，是有着很高的欣赏价值的。当年康熙皇帝让八股大家韩慕庐（康熙十二年状元）把他作的八股交上来看，韩慕庐只选了少数自己认为写得好的交上，康熙看完以后，觉得不过瘾，又让他把其余的也交上。李贽在他那篇有名的《童心说》中也认为，当时的"举子业"，也就是八股文，同样是文人的心血凝成，与院本、传奇、诗文等同样不可轻视。那些随口批判八股取舍漫无标准的时贤，大部分是对八股并不十分了解的欺世英雄。

八股文有着严格的体式及内容要求。其体式大体说可以分为破题、承题、起讲、提比、小比、中比、后比、收束等几个部分；而其题目，全从《论语》《孟子》《大学》《中庸》这"四书"中出，所以又叫"四书文"。对于题目中字句的理解，以朱熹的《四书集注》的解释为准，而且要模拟圣贤口气，代圣贤立言。清梁章钜《制义丛话》说八股文"指事类策，谈理似论，取材如赋之博，持律如诗之严，要其取于心，注于手，出奇翻新，境最无穷"。又说："心之所造有浅深，故言之所指有远近；心之所蓄有多寡，故言之所含有广狭，皆各如其所读之书之分而止。吾故曰制艺虽代圣贤立言，实各言其心之所得者也。"可见要作好八股绝非易事。闻一多曾经说旧体诗的创作是戴着镣铐的跳舞，八股文就更是这样。在种种苛刻要求之内，而仍能够自出新意，就更能够见出一个人的智力与才华。考试不就是要考出人的智力与才华吗？

制艺还有着明确的风格方面的要求。总体说来，有清一代，流派虽小有变化，但总体上要以"清真雅正"四字为准，万变不离其宗。所谓"清"，就是要清通，文字本色，句句有实理实事；所谓"真"，就是真切，文字要从心苗中流出，有自己的真见解；所谓雅，就是要文字古雅，不可杂市井俚俗语；所谓"正"，就是正大光明，文字立意不可怪，要从性命道理上出。

规则明确了，我们就可以很容易地对蒲松龄的八股文做出判断。

就总体水平而言，我们可以作出这样的判断：蒲松龄的八股文作得并不好。小的方面我们且不去管他，妨碍他考上举人的致命缺点至少就有两个。

一是他的小说家笔法。他的才华在作小说上，而这种思考方法对于他作八股也产生了重大的影响。用这种方法作八股，假如题目合适，偏锋取胜也有可能，但如果题目不合适，他作为小说家的才华便无法施展了。这就解释了为什么他考秀才的时候能得到第一名的好成绩，而在以后的考试中却总是名落孙山。他的入泮之作是《早起》。在这篇文章中，他敷衍了《齐人有一妻一妾》的故事，并在其中加进了对齐人妻子绘声绘色的心理描写，流畅生动，栩栩如生。尽管这不是八股的要求，但作者的才华确实得到了展现。施闰章正是在这个意义上把他提为第一。毕竟一个县里的人才有限，能够写出流畅文字的本就不多。再说，施闰章本来就是一个"不拘一格取人才"的诗人。有一次他主持考试，一位名士审错了题目，不着边际地发挥了一通，快要交卷才发现了问题，又没有时间重作，大概是认为反正也考不上，死猪不怕开水烫，于是就写了一篇风格滑稽的自嘲词一起交上。谁知道这首词竟然打动了施闰章，因而对他网开一面，"怎肯放在他人下？"像施闰章这样的考官是特例，而不是普遍的。

二是他的学理不深，所以对题目的理解也就不够深透。比如他的《子贡曰譬之宫墙》一文，把"宫"字仅仅作为"墙"的修饰词，基本上围绕着"譬之以墙"来做文章。这正是最庸常的思路。本人不是八股专家，但手头正好有清梁章钜的《制艺丛话》，里面恰巧谈到这个题目的作法。他说："譬之宫墙，宫是宫，墙是墙，子贡语原只侧卸到'墙'字，其'宗庙之美，百官之富'与'室家之好'，都在宫里分别，与墙无干。惟其宫有不同，故墙有高卑之异。今人辄将宫、墙混合，一如墙之尺寸，即关圣贤之分量，岂非误欤？"用通俗的话来解释，就是：所谓宫，就是指一个人的内蕴；所谓墙，就是指一个人的个性与城府。孔子的城府很深，所以他的内蕴也就不容易为一般人所理解认识。但孔子之所以为孔子，主要是因为他的内蕴，而不是他的城府。一般人在这里最容易犯的错误，就是把孔子的城府和内蕴混为一谈，好像城府的深浅就代表着内蕴的深浅一样。再直白一点就是，才高的人往往脾气大，但脾气大并不意味着才华就一定高。把才华高低与脾气大小等同起来，难道不是很可笑吗？这话简直就是针对蒲松龄而说的。破题就破得不好，而后边基本上也是车轱辘话，要论文中所见出的才情，实在还比不上当年弱冠掇芹的《早起》。有传说这是他在康熙二十九年庚午科乡试中作的，还说当年就是包括这篇文章在内的三篇八股打动了主考官，准备把他录取为山东解元，只是由于他因病而没有完场，才没有取上。当时我就怀疑这传说的真实性，后来看到盛伟先生的考证文章，证明康熙二十九年山东乡试并没有这个题目，这才证实了我的直觉。

这样说，一点也没有贬损蒲松龄的意思。小说家就是小说家，小说写得好，并不意味着八股文一定写得好。因为它们毕竟是不同的文体。但是，既然蒲松龄参加科举考试，就只能用科举文字的要求来衡量他。而如果用这个标准来衡量，他没有考上举人，确实也没有什么冤枉的。

就如同短跑冠军参加长跑而没有得到最低等的名次一样地不冤枉。

　　文学不是人与人之间的竞争，而是与时间的竞赛。在科举这场人与人之间的竞争中，蒲松龄并不冤枉地失败了（尽管他自己很不服气），但是在与时间的竞赛中，他却赢得了百代不朽的名声。相反，那些当时人人艳羡的状元们在人与人的竞争中获得了辉煌而短暂的胜利，却几乎永远地败给了时间。与蒲松龄同时代的那些状元们，还有谁人记得？

　　他们还可能感到冤枉呢：我是天下第一人啊，竟然名随身灭，而蒲松龄一个穷秀才、村学究，竟然能死且不朽！

# 聊斋心胸

清代小说评点大师金圣叹在《读第五才子书法》中说过一段极有见地的话：

> 大凡读书，先要晓得作书之人，是何心胸。如《史记》，须是太史公一肚皮宿怨发挥出来。所以他于《游侠》《货殖》传，特地着精神，乃至其余诸记传中，凡遇挥金杀人之事，他便啧啧赏叹不置。一部《史记》，只是"缓急人所时有"六个字，是他一生著书旨意。

这真是不世天才的知味之言。一部难忘的文学作品必定有它深沉的寄托，靠了这一点，它才能使得所有的东西有所依傍，有所用处，否则便是一盘散沙。《史记》如此，《水浒》如此，《聊斋志异》亦复如此。蒲松龄在《聊斋自志》中谈到自己的写作情况时说："独是子夜荧荧，灯昏欲蕊；萧斋瑟瑟，案冷疑冰。集腋为裘，妄续幽冥之录；浮白载笔，仅成孤愤之书。寄托如此，亦足悲矣！嗟乎！惊霜寒雀，抱树无温；吊月秋虫，偎阑自热。知我者，其在青林黑塞间乎！"

这段对《聊斋志异》大旨进行阐述的文字的中心意思有两个：一是表明《聊斋志异》是一部深有寄托之文，而不是仅仅借此以消遣自娱的助谈资之作；二是悲叹自己怀才不遇的命运，抒发知音之稀的感慨。实际上，这两点乃是一个问题的两个方面：一腔孤愤无非是因为怀才不遇，而怀才不遇的原因当然是因为知音之稀。人最感慨抱怨的东西也就是他最缺少、最希望得到的，是他意识的焦点所在。所以，《聊斋志异》写作的最大寄托，也就很可以归结为清道光年间段雪亭所说的："顾才大如彼，知寻常传文，不能以一介寒儒，表行寰宇，踌躇至再，未可如何，而假干宝《搜神》，聊志一生心血，欲以奇怪之说，冀人之一览，其情亦足悲矣。"

如前所说，书写怀才不遇之悲，希赏于知音，是《聊斋志异》的最大寄托。但如果仅仅如此，则《聊斋志异》就不足以为《聊斋志异》，而蒲松龄也就不足以为蒲松龄了。蒲松龄最大的特点，还在于他是一个受人之恩便欲粉身相报的人。传统士人的那种"士为知己者死"的品格，在他身上体现得尤为明显。这种品格也入骨地影响了《聊斋志异》的写作。是它，使得《聊斋志异》没有成为一部仅仅书写穷愁之苦、乞人青目的酸腐之作，而带有一种郁勃豪侠之气。它不仅表达了对知音之稀的感慨，而且更允诺了对知音的感激与报答。它提升了《聊斋志异》的格调，使其具有一种令人感奋的力量。所以，如果化用金圣叹评价《史记》心胸的文字来评价《聊斋志异》，就很可以说：

> 《聊斋志异》须是异史氏一肚皮孤愤发挥出来。所以他于贤豪落拓、红粉青衿二事，便格外着精神。乃至其余诸篇中，凡遇心心相感，拳拳图报，他便啧啧不已。一部《聊斋志异》，只是"士为知己者死"六个字，是他一生著书旨意。

正是这种心胸，使得《聊斋志异》能够从作者车载斗量、作品汗牛充栋的文言小说中脱颖而出，卓尔不群。

这种精神最充分地体现在《聊斋志异》中那些具有高山流水色彩的爱情故事当中。在这种高山流水式的爱情中，才情乃是一切的前提与基础。比如《连琐》中的杨于畏，当他听到户外有女子吟诗，便心生向往之情。第二天夜里，他伏在墙头窥伺，看见一个美丽的姑娘从草丛中冉冉升起，然后就扶着小树，哀声吟哦。杨咳嗽了一声，这女子便突然消失了。原来她是一个胆小鬼。然而一旦杨于畏替她续出她久思未得的诗句，她便马上出现在杨于畏的面前。《香玉》中，香玉与绛雪初见黄生时并没有什么好感，但一旦见到黄生的题句，便主动前来，笑曰："君汹汹似强寇，使人恐怖，不

195

知君竟骚士，无妨相见。"《连城》中，乔生因为为连城所绣的"倦绣图"所配的两首诗而赢得了连城的称赏，不但逢人便称道乔生的才华，且因同情他的贫寒而矫称父命赠金以助灯火。而后，又因为这"知己"之故，演出了一部生生死死的感情故事。《连城》后的"异史氏曰：一笑之知，许之以身，世人或议其痴；彼田横五百人，岂尽愚哉？此知希之贵，贤豪所以感结而不能自已也。顾茫茫海内，遂使锦绣才人，仅倾心于蛾眉之一笑也。悲夫！"就很明白地点出了作者于茫茫海内四处寻觅知己而不得，最后才将知己之求指向女性的苦衷。

连城在《聊斋志异》爱情故事的女主角中是极富典型性的。综观这些女性，大都容貌美丽，能够在美色上满足男子在情爱方面的要求；她们有着良好的知识素养，能够发现书生的才华并加以重视，是他们的文章知己；她们有一颗细腻的心，对于所倾慕的士人，能够予以十二分的温柔与体贴……总之，这些女人是专门为像作者这样的寒微士子所设计的，她们几乎是全方位地满足了他们对个人价值的认定。如果说，科场给像作者这样的读书人带来了失意与不幸，使他们的自尊与自信受到挫伤，使他们的价值受到贬损，人格受到践踏，那么，这一切在情场上都得到了补偿。

如果仅仅写到这些，那么《聊斋志异》中的爱情故事就没有今天的光彩。不错，蒲松龄需要用女性的温情来抚慰自

连城

己受伤的心，但他并不希望仅仅做一个伏在红粉知己的肩膀上痛哭的男人。他渴望知己，但更大的愿望还在于希望能用自己的力量报答知己，以证明自己是一个值得知己推重，不负知己所望的人。正是出于这个原因，《聊斋志异》中才不仅写到了女性对书生的青睐，更写到了这些书生为知己甘赴苦难，"水里水里去，火里火里去"的侠义行为。如《连琐》中的杨于畏，听说连琐被一个龌龊鬼所纠缠，"大怒，愤将欲死"，不顾自己是一文弱书生而对方是一个赳赳武夫而上前怒斥，并冲上去与对方拼命；听说连琐复活需要生人精血，遂慨然引刀刺臂出血。《娇娜》中的孔生，听说自己的爱人一家将要遭受灭顶之灾，尚不知何事，便慨然自任，矢共生死。在石破天惊的暴风雷雨以及与鬼物相持的考验中，他无愧地表明了自己的性情与品格。《连城》中的乔生，以才情为连城所重而引连城为知己。当他知道连城重病，只有以男子的胸前肉一钱捣和药屑才有可能痊愈的时候，便毫不犹豫地以利刃自割胸前之肉，纵然血流满地亦在所不顾。而以如此巨大的付出，所希望得到的，仅仅是连城的相逢一笑。当连城再病身亡，他前往临吊的时候，竟然一恸而绝。冯镇峦评"知己为一篇眼目"，何守奇评"连城爱文士，乔生重知己，乃可以生生死死"，但明伦评"士为知己者死"为"一篇主意"，都为极有见地之语。

这种表达对知己的感激与报答的愿望的，也见于《聊斋

《志异》中那些落拓名士对待知己的态度上。以《叶生》为例。在这篇故事中，叶生由于淮阳县令丁乘鹤对自己的知遇之恩，生前对丁拳拳眷恋，即使在死后，也不忘以魂魄相报，将自己的终生所学悉心传授给丁乘鹤之子，使其得中进士。特别是《叶生》后的那则长长的"异史氏曰"，对于知己的渴求与感激之情，更是溢于言表：

> 魂从知己，竟忘死耶？闻者疑之，余深信焉。同心倩女，至离枕上之魂；千里良朋，犹识梦中之路。而况茧丝蝇迹，呕学士之心肝；流水高山，通我曹之性命者哉！嗟呼！遇合难期，遭逢不偶。行踪落落，对影长愁；傲骨嶙嶙，搔头自爱。叹面目之酸涩，来鬼物之揶揄。频居康了之中，则须发之条条可丑；一落孙山之外，则文章之处处皆疵。古今痛哭之人，卞和惟尔；颠倒逸群之物，伯乐伊谁？抱刺于怀，三年灭字；侧身以望，四海无家。人生世上，只须合眼放步，以听造物之低昂而已。天下之昂藏沦落如叶生者，亦复不少，顾安得令威复来，而生死从之也哉？噫！

正是出于这种对于知己的渴求与报答之情，使得聊斋的笔墨在所有涉及相知相感的地方，都格外动情，流露出难以自己的激动。如《大力将军》，写查伊璜在一次偶然的机会见到当时还是乞丐的吴六一，甚奇其人，于是为之易装，并捐助白银五十两，劝他从军。后吴六一以军功封为将军，不忘查伊璜，不但事查伊璜如同父师，更以一半家产回报当年的厚德。在其后的"异史氏曰"云："厚施而不问其名，真侠烈古丈夫也！而将军之报，其慷慨豪爽，尤千古所仅见。如此胸襟，自不应老于沟渎。以是知两贤之相遇，非偶然也。"《乔女》，写乔女因为孟生的眷顾而感激，于是在孟生死后，便毅然担当了代孟生养育后代的重任，而不愿从中得到任何报酬。其后的"异史氏曰"云："知己之感，许之以身，此烈男子之所为也。彼女子何知，而奇伟如是？若遇九方皋，直牝视之矣。"甚至于花草树木，犬鸟蛇虫，只要是感激于主人的恩情，蒲松龄也无不极力赞赏。如《橘树》，写的是一段树与人的缘分。此树为刘女所珍爱，赖刘女得以保存。而树也好像是为报答这种恩遇一样，刘女来，则花开；刘女去，则憔悴。在其后的"异史氏曰"中，蒲松龄说："橘其有夙缘于女与？何遇之巧也！其实也似感恩，其不华也似伤离。物犹如此，而况于人乎！"

但最有意思的事情，莫过于《聊斋志异》本身在某种意义上其实也被作者当作了一种报答知己的手段。这大概也是作者的一种不得已吧。作者在《田七郎》中说，"富人报人以财，贫人报人以义"，以此类推，文士能报答别人的，就只有手中的一支笔了。所以，我们看到，凡是对蒲松龄有知遇之恩的人，几乎都被他写进了《聊斋志异》当中。比如在《胭脂》中，他这样评价自己的恩师施愚山："愚山先生，吾师也。方见知时，余犹童子。窥见奖进士子，拳拳如恐不尽，小有冤抑，必委曲呵护之，曾不肯作威学校，以媚权要。真宣圣之护法，不止一代宗匠，衡文无屈士已也。而爱才如命，尤非后世学使虚应故事者所及。"其他又如《王十》中对张石年的赞美，《泥鬼》中对唐继武的称赏，等等。

忽然想到了卢梭。在他的那部不朽的自传《忏悔录》中，给予赞美最多的人当属瓦朗夫人了。他一直到死，都对瓦朗夫人有着不渝的情感，我们看卢梭对瓦朗夫人的描绘，简直如对女神。他一生中多次回到过初次见到瓦朗夫人的地方，洒下不少的泪水，亲吻过那一片他心中的圣地。但客观地说，在人类的历史上，像瓦朗夫人这样有着小小的美德与善意的女人，可以说有如恒河沙数。但就是因为这小小的美德与善意施与的对象是伟大的卢梭，遂使得她成了法国历史上最为人们景仰的女性之一。1928 年，人们甚至按照卢梭的遗愿，在她当年和卢梭相遇的地方竖起了黄金的栏杆，以纪念卢梭与瓦朗夫人相遇 200 周年，供后人瞻仰凭吊。

某种意义上，蒲松龄也用他的那一支生花妙笔，为对他有知遇之恩的人们，竖起了黄金的栏杆。如果不是他，人们还会记得张石年、唐梦赉、毕际友是何许人也？

# 乡野的铎铃

# 大清鲁滨逊

《夜叉国》是《聊斋志异》中的名篇。它混杂在《画皮》《聂小倩》《竹青》这样的神怪小说中，于是我们也就常常把它当作神怪小说来读。但它的价值殊不在此。以人类文化学的视角读《夜叉国》，它简直就是一部大清版的《鲁滨逊漂流记》。从作者角度讲，《夜叉国》的作者蒲松龄生于1640年，死于1715年；《鲁滨逊漂流记》的作者丹尼尔·笛福生于1660年，死于1731年，他们生活在同一时代。从作品的内容讲，《夜叉国》写的是商人徐某在海外野人部落历险的故事；《鲁滨逊漂流记》写的是一个英国商人鲁滨逊在海外荒岛历险的故事，与他打交道的主要也是野人。甚至他们所到的地方也大体在同一区域内：《鲁滨逊漂流记》所说的小岛在"东印度群岛"，就是"夜叉国"所在的南洋，也即是今天的东南亚诸岛。但二者又有着很大的不同。在这两个人物身上，展现出的是完全不同的精神风貌。而这个不同精神风貌的背后，正是那个时代中西方文化的巨大差异。

我们先用最简要的文字概括下《夜叉国》。

故事的主人公徐某是个下南洋从事跨海贸易的商人。在一次航海中，他被大风吹到了一处荒岛，在那里碰上了一群齿如尖刀、眼似灯笼、手如钢叉的夜叉。那些夜叉本来要吃掉徐某的，徐某赶忙献上自己随身带的鹿肉干，那些夜叉觉得味道鲜美，于是留下徐某。从此以后，徐某就留在夜叉国，担任那些夜叉的厨师。靠着徐某的工作，夜叉们告别了茹毛饮血的生活。后来夜叉们觉得徐某单身可怜，就将一个母夜叉许配给徐某，徐某和她生了两男一女三个孩子。在一次觐见大首领的时候，夜叉们凑了一挂项链（夜叉国叫"骨突子"）给他，项链上的每颗珍珠都价值不菲。因为徐某厨艺精湛，大首领非常满意，又特别赠送了徐某几颗珠子，每颗珠子就更是价值连城。在岛上的时间长了，夜叉们渐渐把他当作自己人；但徐某难忘故国，终于乘众夜叉不备，带着大儿子逃回中国。回到中国后，徐某拿出两颗珍珠售卖，得到的金钱就赚得满盆满钵，够父子俩一辈子吃喝不尽了。

徐某给大儿子取名徐彪。随着时光的流逝，徐彪逐渐长大。长大后的徐彪勇力绝伦、粗豪好斗，能开三千斤的硬弓，十四五岁参军，十八岁就凭军功做了副将。

又过了几年，徐某的一个朋友也被风吹到了夜叉国，遇到了徐某的二儿子。二儿子帮助他离开了夜叉国，并请他把

夜叉国

自己的思念带给徐某和徐彪。徐彪听到弟弟的消息，痛哭流涕，带着两个士兵就踏上了寻访母亲和弟妹的道路。在海上历尽千辛万苦，终于如愿以偿，并且成功地把母亲、弟弟、妹妹带回了中国。徐某给二儿子取名徐豹，女儿取名夜儿。徐豹不但对武艺极有天分，脑子也非常聪明，后来以武进士及第，娶了阿游击的女儿为妻；妹妹夜儿无人敢娶，徐彪强迫自己的手下袁守备娶了她。不过实践证明，袁守备娶夜儿是正确的。夜儿力大无穷，能开百石的硬弓，百步外射小鸟，无不应手而落，袁守备每次出征，都要带夜儿出战，后来凭军功做到同知将军，其所立下的功劳，大半要归功于夜儿。徐豹文武全才，三十多岁就已经挂了帅印。母夜叉常随儿子一起出征，每次遇到劲敌的时候，就亲自穿上铠甲，拿上武器加入战斗，敌人往往一看见母夜叉，就吓得落荒而逃。母夜叉后来被朝廷册封为夫人。

《夜叉国》的故事就是这样。听完这个故事，许多人可能会有疑问：《鲁滨逊漂流记》讲的是鲁滨逊和野人的故事，可《夜叉国》讲的是徐某和夜叉的故事啊。夜叉和野人，是一回事吗？

的确是一回事。夜叉一词来源于佛教典籍，指的是一种相貌令人生畏、半神半兽的生物，但在中国唐朝以后的观念中，早就用来指称周边的土著民族，如唐代杜佑的《通典》、王嘉的《拾遗记》、刘恂的《岭表异录》等都将土著人称为"夜叉"或"野叉"。正如人类文化学家王立先生所说，实际上，《夜叉国》中的夜叉，似兽实人，指的就是南洋群岛上的土著居民，作者把他们的形象写得非常恐怖，只不过是夸大了他们身上的那些原始特征而已。站在人类学的角度上来看《夜叉国》，它的意蕴是非常丰富的。比如夜叉们住在山洞里，赤身露体，有自己的盛大节日"天寿节"，虽然不穿衣服，但却都有"骨突子"这样的装饰品，等等，都与人类学家所做的田野考察吻合。总之，除了"夜叉"这个富有神话色彩的名字，整个故事几乎没有什么不能解释的东西。以现代的眼光来看，《夜叉国》所写的，其实就是一个中国的商人在一个原始部落的历险故事。在这一点上，《夜叉国》与《鲁滨逊漂流记》并无不同。

但徐某和鲁滨逊，在类似的环境中，所表现出的精神姿态却有着很大的不同。

就整体而言，鲁滨逊始终是以一种征服者的姿态出现的。他看到野人的脚印，虽然内心也充满了恐惧，但随之而来的想法就是要通过战胜野人的方式来保护自己。鲁滨逊随即行动起来，给自己筑了新的篱笆的围墙，又在墙上开了几个小洞，把几支枪安在洞里。为了防止自己辛辛苦苦驯养繁殖起来的山羊被野人劫走，还把山羊分成了几个小群。当食人的野人出现的时候，鲁滨逊表现出了典型的西方文明对于野蛮人的蔑视与仇恨。作品是这样描述的：看着食人族在进行了一场吃人的盛宴后留下的满地骨头，鲁滨逊在最初的恐惧与恶心之后，生出的是巨大的愤怒。每当他想起那吃人的现场，就深恶痛绝，忍不住破口大骂，他们什么不能吃，居然像牲口一样吞食同类，真是灭绝人性。在巨大的愤怒之后，一种征服欲油然而生：他又开始考虑怎样能在野人再来的时候杀掉他们一批，或者把他们的俘虏救下来。而正是在这样的想法支配下，当食人族再次带着几个俘虏来到小岛准备吃掉的时候，鲁滨逊竟然一个人单枪匹马地与一大群野人进行了殊死搏斗，最终成功地解救了日后成为他忠实奴仆的星期五。

反观徐某，则一直是以一个顺应者的形象出现的。当夜叉发现他、抓住他，打算吃掉他的时候，他没有反抗（当然反抗也没有用），而是用手中的食物获得了安全，而后更是用自己做饭的手艺在整个夜叉群中获得了生存下去的权利。为了更好地生活，他还学会了夜叉语，以方便与夜叉们的交流。特别是，当夜叉们给他找了一个母夜叉做伴侣的时候，他虽然一开始很害怕，但后来还是接受了这个母夜叉，与母夜叉过起了非常恩爱和谐的生活，并且还与母夜叉生下了三个孩子。徐某的顺应几乎是无底线的。他在夜叉们的部落里生活了很多年，所做的唯一一件带有征服性质的事情，就是征服了这些夜叉们的胃。

有人也许会说，徐某和鲁滨逊所表现出来的不同，也许只是因为他们的处境不同造成的。这恐怕未必。我们可以设想一下，假如鲁滨逊到了夜叉国，他会采取怎样的做法。在最初阶段，鲁滨逊也许也不得不靠给夜叉们做饭来赢得生存，但此后，他的行为一定会与徐某有所不同的。比如鲁滨逊就完全可能想方设法用自己的观念去影响夜叉们，比如教给夜叉们如何挖陷阱捉野兽，如何圈养甚至驯养一些动物比如鹿或山羊，如何使用火种，最终凭着自己的智慧而成为夜叉们的首领。他甚至可能会问他们传教——鲁滨逊对星期五就是这么做的，而一旦传教成功，这些夜叉们就会对他奉若神明。总之，鲁滨逊会想尽一切办法征服夜叉国，让自己成为这片土地的主人。当然，鲁滨逊也有别的选择。他可能会对阻止他回家的夜叉深恶痛绝，然后就是想方设法除掉他们，而后带着从夜叉们脖子上扯下来的"骨突子"回到英国，大大地发上一笔财。文中说道，那些夜叉们戴的项链每颗珠子都价值百金，一串项链至少六十颗以上的珠子，也就是说一串至少价值六千两银子。卧眉山的夜叉们有二三十个，算二十个，这些项链也值十几万两银子，折算人民币就是四五千万。我们这么说是有根据的，我们是在鲁滨逊对食人族表现出的仇恨与憎恶以及像猎杀动物那样杀死那些食人族的行动中看出这种倾向的。实际上，这正是那个时候欧洲的殖民者在海外开疆拓土、建立殖民地时对尚未进入文明社会的土著采用的方法。西方殖民者以及后来的美国政府对印第安土著的做法，就是最好的证明。有材料证明，英国殖民者刚登陆美洲的时候，美洲的印第安土著至少有上千万人，而经历过几个世纪特别是十九世纪的集中屠杀之后，印第安人已经只有寥寥二十万左右。直到如今，美国的印第安人也数量极少，只占美国人口的不足百分之一。而他们当初屠杀印第安人的时候，最拿得出手的理由，也就是印第安人的野蛮与落后。

徐某与鲁滨逊之间的差别，正是东西方文化之间的差别。关于东西方文化之间的差别，有无数人说出的无数种说法。在这无数种的说法中，我以为最简洁明了而又入木三分的是梁漱溟先生的说法。梁先生说，西方、中国、印度三大文化的最基本的差别，就是在面对人生问题时解决的方向不同。在梁先生看来，面对人生问题，基本的态度无非三种：一是征服的态度，就是遇到问题从正面下手，改造局面，满足自己的要求；二是调和的态度，就是遇到问题并不想奋斗而改造局面，而是改变自己的态度，随遇而安，在这种境地下求得自我的满足；三是反身向后的态度，即遇到问题并不是寻求问题的解决，而是想方设法取消这种问题或要求。而西方、中国、印度三种文化的分野，就在于西方人所走的是第一条路，中国人走的是第二条路，而印度走的是第三条路。

徐某的态度，正是标准的第二种。他愿意留在夜叉国吗？当然不愿意，但既然走不了，就留下来吧。怎样才能生存下来呢？当然就是好好做饭，好好表现，融入这个新的集体。夜叉们给他找了个母夜叉，徐某喜欢吗？当然不喜欢。但夜叉们出于善意，总不能拂了人家的好意吧？况且这个母夜叉对他又很主动，于是他就接受了。既然接受了，好好过日子也是过，不好好过日子也是过，那为什么不好好过呢？所以也就和母夜叉过起了恩爱的夫妻生活，还一起生了三个孩子。总而言之，徐某在夜叉部落里生活道路的一步步选择，都是典型的中国人调和思维的产物。我敢负责任地说，绝大多数中国人，包括我，如果真有一天流落到了夜叉国，作出的选择，应该和徐某也差不多。

《夜叉国》的另外一个意义，还在于无意中展示了明清时期中国人对于世界的认识。实际上，《聊斋志异》对夜叉国的描写并不是凭空产生的，它有现实的基础，更有文化的渊源。

这个现实的基础，就是蒲松龄赶上了清代历史上绝无仅有的一段"开海"的时期。蒲松龄生在明末，但四五岁时，明朝就灭亡了，他一生绝大部分的时光是在清王朝的统治下度过的。清王朝建立不久，就确定了禁海的政策。这个政策在康熙的时候一度被打破了。康熙二十一年，清政府平定台湾，第二年就下令开海。开海之后，到东洋、南洋贸贩的船只及人数都日益增多，中国的对外贸易获得了很大的发展。但由于担心东南沿海海盗势力与本国反政府力量的联合、商业对帝国体制造成巨大冲击以及对西方国家的防范和戒备等原因，开海的政策只持续了三十多年，就在康熙五十六年结束了。用公历纪元来说，清朝1683年开海，1717年禁海。而蒲松龄1640年生，1715年去世。清朝历史上仅有的这段开海的时间，蒲松龄恰恰就赶上了。而这正是《夜叉国》创作的巨大契机。正是因为开海的政策，才有了徐某这样的商人往来于中国与南洋各国之间进行贸易，也才有因为飓风之类的原因漂流到那些尚处在野蛮阶段的土著部落的可能性。

《夜叉国》的文化渊源则更为复杂。就总体上，对中国古人海外观念影响最大的因素有三个：一个是以《山海经》为代表的上古中国人对世界的想象与猜测；一个是儒家学说的"四夷"观念；再就是后来传入中国的佛教思想。在《山海经》中，中国是世界的中心，中国以外的世界离奇诡异，生活着各种奇形怪状的类人生物（或者说"雷人"的生物）。在儒家的观念中，中国是世界文明的中心，周围四夷——东夷西戎南蛮北狄——环绕，他们的文化远远低于中华。而佛教传入中国以后，又增加了对于西方的一度空间。明白了这一点再看《夜叉国》，就会发现，蒲松龄对于夜叉国的描写，正好对中国人的海外观念进行了完美的演绎。在《夜叉国》中，我们首先注意到的是将这些野人称为"夜叉"。这是佛教的影响。夜叉国的文化低于中国，这是儒家"四夷"观念的影响。而夜叉国的人生得奇形怪状，则是《山海经》的影响。而当我们的眼光从《夜叉国》拓展到整部《聊斋志异》涉及海外的那些作品，比如《罗刹海市》就会发现，在这些文字背后，都可以看出作者的那种强烈的文化优越感。《聊斋志异》中，包括夜叉国在内的海外诸国在经济文化上都很落后。那些尚处在茹毛饮血阶段的夜叉们就不用说了，即使已经进入文明社会阶段的海外国家，也远远不能与中国的文明相比。如在罗刹国，马骥在罗刹国随便唱一曲，就被那里的国王惊为仙乐，而随后遇到的"东洋三世子"，听说马骥是中国人，也对马骥高看一眼。当然，这种优越感也并非蒲松龄所独有，而是整个中国古代社会的一种普遍观念。我们看《西游记》，唐僧一说"贫僧自东土大唐而来"，那些西域小国无不赞叹顶礼的描写，就可以分明感受得到。不过，也正如许多学者所指出的，考虑到当时欧洲文明已经发展到了资本主义的前夜，世界地理大发现已经接近尾声，地圆说已经成为欧洲人常识的时代，这种"优越感"，也可以叫作"文化的自大与虚妄"了。考虑到这一点，《夜叉国》带给我们的就远不是蒲松龄在最后开的那个玩笑"家家床头有个夜叉在"那般轻松愉快了。

# 冷眼看官场

说到中国的官场文字，萨孟武先生在其《〈红楼梦〉所描写的官场现象》中有一个判断："奇怪得很，吾国小说关于官场现象，均不写光明方面，而只写黑暗方面。小说乃社会意识的表现，社会意识对于官僚若有好的印象，绝不会单写黑暗方面。单写黑暗方面，可见古代官场的肮脏。"

《聊斋志异》中的官场文字，再次印证了萨孟武先生的论断。就总体情况而言，《聊斋志异》为我们揭示的官场世界，是极其污浊而黑暗的。举凡贪暴不仁、草菅人命、强取豪夺、欺男霸女，这里应有尽有。可以这样说，在对封建官场的反映与揭露上，《聊斋志异》所达到的深度与广度，在古代的文学作品中都是屈指可数的。正因为如此，郭沫若就称赞《聊斋志异》："写人写鬼高人一等，刺贪刺虐入木三分。"

而在所有这些官场文字中，堪称点题之作的，便是《梦狼》。

故事是这样的：说直隶（今河北）有一个姓白的老翁，其长子白甲在南方做官，因为山长水阔，两年之间，苦无音信。正当此时，有一个姓丁的亲戚前来做客。这个亲戚是个"走无常"——就是经常替阴间办事的活人——所以在吃饭的时候，就难免说到了一些在阴间的见闻。

对于丁某的话，白翁半信半疑，而疑占的比重更大。大概是看出了白翁半信半疑的态度，过了几天，白翁睡觉的时候，丁某忽然来找白翁，带领他到了白翁儿子的官衙。一入衙署，就发现里面满地白骨，行走坐卧的都是条条巨狼。看到父亲和丁某，白甲非常高兴，招呼他们入座，而后就命令左右赶快准备饭菜。不大一会儿，一头巨狼衔着一个死人进来。白翁战栗失色，说你这是干什么。白甲说准备做饭啊。白翁赶忙制止白甲，说我不在这里吃饭了，你快别准备了吧。

经过这一番折腾，白翁心里充满了恐惧，就要告辞。一群狼挡在门口，不让白翁出去。正在进退两难之际，群狼忽然发出恐惧的嚎叫声，有的钻到床底下，有的躲在桌案下，一个个战战兢兢的样子。白翁惊疑之际，两个身穿金甲的武士怒气冲冲地走进厅堂，拿出一条绳索就把白甲捆绑起来，被捆住的白甲瞬间化为一只猛虎。一个武士拔出宝剑，要把老虎的脑袋砍下来。另一个武士上前制止，说别急，杀他是明年四月的事情，不如先敲掉他几颗牙齿，给他个小小的警示。说完就拿出一把大锤，开始敲老虎的门牙。随着门牙一颗颗被敲落，老虎发出巨大的吼叫声。

在老虎的吼叫声中，白翁悚然醒来。

醒来的白翁胆战心惊，派人去找丁某，丁某托故不来。白翁越想越担心，就写了一封亲笔信，信中反复劝诫白甲不要做贪赃枉法的事情，然后派白甲的弟弟专程给白甲带去。

弟弟长途跋涉找到哥哥，白甲一张嘴，弟弟就大吃一惊。为什么？因为他一说话就露出豁巴齿。问是怎么回事，白甲说前些天喝醉了酒从马上掉下来摔的。又问坠马的时间，正好就是白翁做梦的日子。白甲大概也注意到弟弟震惊的神情，说掉了牙而已，又不是掉了脑袋，何至于如此吃惊。弟弟于是把父亲前些天做的那个奇怪的梦向哥哥描述一遍，接着又拿出父亲的亲笔信。白甲将信读完，脸色为之骤变，但还是勉强劝慰弟弟，说这不过是一个噩梦而已，何必当真。为什么白甲会这么说呢？原来，他因为给当朝的权臣送了一大笔钱，已经被举荐到吏部做官，现在就等着委任状了。在他看来，能杀他的人只有朝廷，而当朝的权臣已经被搞定，怎么会有问题呢。

接下来，弟弟就在白甲的任所住了些日子。在这些日子里，弟弟每天看到的就是一拨接一拨的小吏出入哥哥的住所，所办的都是些贪赃枉法、欺压百姓的勾当。弟弟很为哥哥担心，几次流着眼泪劝阻哥哥。白甲对弟弟的劝告不以为意，说："弟日居藿茅，故不知仕途之关窍尔。黜陟之权，在上台不在百姓。上台喜，便是好官，爱百姓，何术复令上台喜也？"意思是兄弟啊，你在家乡读书，对官场根本就不了解。官场上能决定你前途命运的不是百姓，而是上司。上司说你是好官，你就是好官。你对老百姓好，拿什么去巴结上司呢？

这样的话说了几次，弟弟也看出来哥哥的想法是不会有任何改变的了，于是告辞回家。回家把白甲的所作所为和父亲一说，白翁无可奈何，也只有痛哭而已。为了避免白甲的所作所为祸及整个家族，白翁捐出大量家产周济贫苦，再就是日夜在神灵前祷告，祈请白甲的所作所为灾祸止于自身，不要连累亲族。

第二年四月，朝廷的任命下来，白甲升任到吏部，要做京官了。消息传到家乡，一时白翁家是车水马龙，贺客盈门。白翁听到这个消息，没有丝毫的高兴，而是托病在床，终日叹息，不与任何人相见。没过多久，就传来了白甲上任途中被盗匪劫杀的消息。别人都怀疑消息的真实性，唯独白翁对此坚信不疑。他从床上爬起来，对家里人说神明没有因不肖子孙的罪过迁怒于整个家族，对我们家真可以说是厚爱有加了！而后洗手焚香，向上苍表示感谢。

白甲真的死了吗？没有。但比死更难受。事情是这样的，在上任的路上，他遇见了一群强盗，这群强盗在他脖子上砍了一通，以为他死了，但白甲的生命力实在顽强，抢救过后，又在床上躺了一两年，居然活了下来。痛苦不必说了，最要命的是从此以后脑袋只能向后，正常生活尚不能保证，更不必说继续当官残害百姓了。

《梦狼》的故事，到这里就讲完了。它虽然表面上说的是"梦话"，但要说到对封建官场的认识，却绝对深刻清醒到了入木三分的程度。

首先，这篇小说以"官虎而吏狼"这个极其凝练而入木三分的句子对封建官场的现状作出了总结判断，并明确地揭示了封建官场何以如此的制度根源："黜陟之权，在上台不在百姓。上台喜，便是好官，爱百姓，何术复令上台喜也？"我们看过去大部分写贪官污吏的作品，都是在写贪官如何可恨，它们揭露了社会上存在的种种黑暗与不公，引起了读者道德上的义愤。这样的作品不能说没有意义，但仅仅停留在感情乃至道德上的谴责是不够的，因为它没有抓住事情所以如此的根本，所以也就无助于从根本上解决问题。人是趋利避害的动物，如果上司"说你行你就行不行也行，说你不行你就不行行也不行"，你要想混下去，不巴结上司怎么能行？以白甲而论，他的所作所为，其实只是在顺应这个官场的规则而已，只要这个规则不改变，就算白甲倒下了，还有白乙、白丙。所以归根结底，治国光靠官员的道德自律是靠不住的，要想解决根本问题，还要靠制度、靠规则。什么时候百姓在官员的升迁体制中有发言权了，什么时候他们才可能得到官员的真正尊重。在这个意义上，《梦狼》抓住了问题的关键，点明了封建官僚鱼肉百姓、草菅人命的根因所在。

其次，蒲松龄还将批判的矛头指向了清代的一大弊政"胥吏专权"。《梦狼》作品的主要人物是白甲，但为什么蒲松龄给它取的名字叫《梦狼》？这其实就表明，蒲松龄着意提醒读者注意的，首先还不在于白甲，而在于环绕在白甲身边那一群群为非作歹、鱼肉百姓的恶吏。至于胥吏是怎样专权的，蒲松龄还专门在《梦狼》之后，附加了两个专门讲小吏作恶的故事来加以说明。在这两个故事中，两个县令都是好官，但依然被手下的滑吏想方设法钻了空子，把旧时代的小吏上下其手、翻云覆雨的手段写得淋漓尽致。

蒲松龄所揭示的胥吏专权问题，确实是清代之一大弊政。蒲松龄所写到的小吏横行的情况，在时代相近的其他作品中也有同样的描述。比如纪晓岚在《阅微草堂笔记》中就曾说道："其最为民害者，一曰吏，一曰役，一曰官之亲属，一曰官之仆隶。是四种人，无官之责，有官之权。官或自顾考成，彼则惟知牟利，依草附木，怙势作威，足使人敲髓沥膏，吞声泣血。"其他又如在《红楼梦》《儒林外史》中，都有不少对于恶吏的描写。总之，就如同徐珂在《清稗类钞》中总结的："汉唐以来，虽号为君主，然权力实不足，不能不有所分寄。故西汉与宰相、外戚共天下；东汉与太监、名士共天下；唐与后妃、藩镇共天下；北宋与奸臣共天下；南宋与外国共天下；元与奸臣、番僧共天下；明与宰相、太监共天下；本朝则与胥吏共天下耳。"胥吏弄权，已经成为清朝政治的一大特色弊政。

那么，为什么会形成这样一种情况呢？这就需要从小吏在古代政治体制中的地位、作用与处境说起。

在古代的政治体制中，严格说来，其构成人员有三类：官、吏、役。官执掌权力，吏负责文书，役负责奔走执行。不过自汉代以后，在一般人的心目中，"吏"与"役"的分别已经不大，小吏就逐渐成为胥吏和差役这样的低级公务人员的统称了。小吏们的地位虽然低微，却在政治体制中发挥着极其重要的作用。他们是"官之爪牙，一日不可无，一事不能少"。封建政治运作的每个环节几乎都离不开胥吏的参与，所谓"地方公事，如凡捕匪、解犯、催征、护饷之类，在在皆须其力"。

但这样一个在政治体系中起着重要作用的群体，其社会地位却是极其卑微的。在现代人而言，官就是高级的吏，吏就是低级的官，都是国家公务人员，只不过级别有高下而已。但在中国古代的官僚体系当中，官与吏是两个截然不同的阶层，他们的选拔条件不同，并且有着完全不同的政治地位。秦汉之时，官吏还没有什么区别，但到隋唐特别是宋代以后，二者的差距就越来越大。官员一般由通过科举或靠门荫的儒者担任，他们有着很高的政治地位，以及被升迁提拔的前途与未来。小吏则从百姓中拣选，或者由自己报名。他们的社会地位不高，大都属于贱民等级，有些虽然可以召良民充当，但一入此行，也就"由良入贱"，不仅本人及其子孙"概不准冒入仕籍"，通过考试或捐纳做官，连家谱都得削名，死后也不得入祠。社会上常常是"娼优隶卒"并称，被目之为"不足齿数之列"。

低微的社会地位、暗淡的政治前途，使得整个小吏阶层缺乏高远的理想与上进的动力，容易成为蝇营狗苟的一个群体。而微薄的薪资待遇，更是对他们的贪赃枉法起到了很大的激发作用。以清代而论，清朝立国之初，胥吏有工食银，从地方正额钱粮之存留部分中取得。在编的经制书吏，京中各衙门及各督抚衙门每年给米四石、银三十六两；地方州县衙门每年给银六两。可惜好景不长，顺治九年（1652）就开始将外省书吏工食银进行裁减。康熙元年（1662），更将全国范围内胥吏的工食银全部裁去，即胥吏自康熙元年开始不再领得政府的正式俸禄。没有俸禄，那么靠什么维持生计呢？一是长官发一点保底工资，再就是靠自己办案、做事时赚取中间利润了。换句话说，国家既不肯承担他们的薪资，实际上就是放任他们贪赃枉法、鱼肉百姓了。

这就是《梦狼》：篇幅虽短，但绝对深刻。它不仅以大写意的传神之笔，勾勒出了封建官场"官虎吏狼"的现状，并且对造成这一现状的原因进行了入木三分的剖析。以白甲而论，他的父亲和弟弟都是好人，从这样家庭出来的人，其本质应该还是不差的。但他为什么在做官之后就成为鱼肉百姓的贪官了呢？是那个黑暗的官场所致。至于那些小吏，他们本身都是底层的百姓，也很难说他们都是生来的恶人，但一入公门，竟然都成了贪酷之辈。一个人变坏，可能是一个特例，但举世皆然，就只能从制度上找原因了。蒲松龄的深刻之处，就在于他不仅揭示了"官虎吏狼"的社会现象，更引发了人们对于制度的思考。在这个意义上，我们可以毫不夸张地说，它是自孔子"苛政猛于虎"、柳宗元《捕蛇者说》之后，对于封建时代恶政治之控诉所发出的最高与最强音。

# 倒了的葡萄架

人们倾向于认为，在中国古代，妇女的社会地位是低下的，家庭境遇是悲惨的。她们忍受着夫权、父权、族权三重锁链的束缚，没有丝毫的自由与权利可言。而且她们还很有可能被丈夫虐待，忍受着肉体与精神的双重折磨。

但这很可能是历史教科书告诉我们的片面之词。这是一种想当然的推测，而不是真实的历史。中国的妇女可不是那么容易受到压迫的。在很多问题上，与其相信冠冕堂皇的庙堂之语，倒不如去认真地读一读文学作品。因为那些庙堂之语很可能只是观念的产物，而真正的文学却必须要有真正的生活。在妇女的家庭地位这个问题上，至少《聊斋志异》告诉我们的，就与教科书告诉我们的大相径庭。读过《聊斋志异》，我们会吃惊地发现，家庭虐待的施害者往往是女人，而不是我们经常认为的那样。

在蒲松龄之前，并非没有人注意到这种看似反常实则非常普遍的社会现象，但大概是认为这不是什么上得了台面的事情吧，所以那不当事之人，不过发出几声嘲笑；当事之人，也只能跟着挤出一丝苦笑。这样一来，关于这个题材的东西就大都存在于各种各样的笑话里了。作为中国人，不知道以下这个故事的大概很少：

> 有一吏怯内，一日被妻抓碎面皮。明日上堂，太守见而问之，吏权以词对之："晚上乘凉，被葡萄架倒下，故此刮破了。"太守不信，曰："这一定是你妻子抓碎的，快差皂隶拿来。"不意奶奶在后堂潜听，大怒抢出堂外。太守慌谓吏曰："你且暂退，我内衙葡萄架也要倒了。"

类似这样的笑话，在中国可以说要多少有多少。汹涌的笑声掩盖了这个问题的严肃性。

这个题材在历史上所固有的滑稽传统给了蒲松龄以很大的影响。在他的俚曲《禳妒咒》的开场中，蒲松龄一口气就讲了好几个怕老婆的笑话。一个笑话讲某地怕老婆协会正在开会商讨对付老婆的办法，这些人的老婆们来了。众人跳墙逃跑，唯独会长端坐不动。近前一看，原来已经胆破而死。还有一个笑话是和抗倭英雄戚继光有关的。据蒲松龄说，戚继光也是一个"床头柜（跪）"。他手下将士都为戚继光抱不平："老爷领着千军万马，咱反了罢！"戚继光问："怎么个反法？"众人说："请老爷顶盔贯甲，亮出刀来，往宅里竟跑，大家呐喊助威，愁他不服吗？"戚继光大喜，扎办得盔明甲亮，拿一口刀耀眼争光，就在厅前大喊一声："杀呀！"走进宅门，又喊了一声："杀呀！"那声音就矮了半截。进了家门，再喊一声，那声音就又矮了许多。进了房门，那杀声连他自己几乎都听不见了。戚夫人正在床上睡觉，睁开眼说："杀什么？"戚继光慌忙丢刀跪地："我杀鸡给你吃。"

　　如果蒲松龄只是给我们讲了几个关于怕老婆的笑话，在下也就没有什么必要在这里提到他了。笑话不属于真正意义上的文学，更何况他讲的大多数笑话也不是他的原创而是来自民间。他和以往包括苏东坡在内的惧内笑话讲述者不同的地方，在于他发现了这笑声背后所蕴藏的是一个还从来没有被认真对待过的重大的社会问题。真奇怪，中国不是一向讲"身修而后家齐，家齐而后国治，国治而后天下平"的吗？对待如此重大的问题，人们怎么可以一笑了之呢？于是，蒲松龄认真起来了：在中国的文学史上，蒲松龄是第一个以严肃认真的态度对待这个问题的作家。在《聊斋志异》中，反映这个问题的作品，我们可以举出《马介甫》《江城》等，如果再加上在内容上涉及这个题材的作品，至少还可以加上《鸟语》《珊瑚》等多篇。这些已经足够引起人们的注意了。但蒲松龄认为还远远不够。在他的晚年，又专门把《江城》敷衍成长达二十三回的俚曲《禳妒咒》。在蒲松龄的十几部

马介甫

俚曲中，它的篇幅与质量都是最突出的。这还不算，被认为是蒲松龄创作的唯一一部长篇小说《醒世姻缘传》——中国最优秀的长篇小说之一——也同样属于反映妻子虐待丈夫的题材。

在这些作品中，作者为我们展示的图景是触目惊心的。《马介甫》中，杨万石的妻子尹氏是一个泼悍非常的女人，丈夫小不如意，"辄以鞭挞从事"。丈夫对她的惧怕到了这样的程度：当尹氏责令杨万石头戴巾帼出门，杨万石不敢违抗；当朋友马介甫要替他摘掉的时候，他还"耸身定息，如恐脱落，马强脱之，而坐立不宁，犹惧以私脱加罪"。受到虐待的还不仅是杨万石。杨万石的父亲年已六十，还被当作仆人一样役使，有一次在气头上竟然把公公的袍服"即就翁身条条割裂"，并进而"批颊而摘翁髭"。她逼死了杨万石的弟弟杨万钟，赶走了杨万钟的妻子，迫使公公出家当了道士，折磨得侄子只剩下一把骨头。如果不是马介甫的好心营救，一家人几乎都要死在她的手中。她的情绪控制着整个家庭，当她愤怒的时候，连屋子都在觳觫。

《江城》中的江城虐待丈夫的手段丝毫不亚于尹氏。平日掌挝、针刺、棒打，无所不用其极。最厉害的一次是仅仅因为怀疑丈夫与婢女私通，便用剪子把两人的乳头剪下，交互着贴在对方胸前。

这绝对不是蒲松龄的无中生有。根据蒲松龄的相关材料，我们知道，至少他的朋友王鹿瞻就有一个这样的妻子。
对这样的悍毒之妻与庸懦之夫，蒲松龄感到巨大的道德义
愤。这种义愤表现在小说中旁观者的态度上，也表现在蒲松
龄为这些悍毒之妻所设计的结局中。比如在《马介甫》中，
马介甫便通过法术对尹氏进行了惩戒：

> 妇在闺中，恨夫不归，方大恚忿，闻撬扉声。急呼
> 婢，则室门已辟，有巨人入，影蔽一室，狰狞如鬼。俄
> 又有数人入，各执利刃，妇骇绝欲号，巨人以刀刺颈
> 曰："号便杀却！"妇急以金帛赎命，巨人曰："我冥曹
> 使者，不要钱，但取悍妇心耳！"妇益惧，自投败颡，
> 巨人乃以利刃画妇心而数之曰："如某事，谓可杀否？"
> 即一画。凡一切凶悍之事，责数殆尽，刀画肤革，不啻
> 数十。

但更大的惩罚还在后边：当尹氏把杨家搞得家破人亡的时
候，自己也失去了这片兴风作浪的土壤。她再嫁的丈夫是一
个屠夫。这位屠夫可没有杨万石的好脾气。当尹氏又拿出泼
悍的伎俩时，屠夫用毛绳穿着她的大腿，像挂猪肉那样把她
挂在大梁上。屠夫死后，她无家可归，最后只好做了乞丐。
　　但单靠惩戒显然不能解决问题。因为蒲松龄意识到
"天下贤妇十之一，悍妇十之九"，而并不是每个杨万石都

江城

聊斋志异:
书生的白日梦

能幸运地遇到一个狐仙马介甫。蒲松龄希望能找到问题的症结，这样就有了解决问题的比较普遍的办法。他找到的原因是命运与果报。他认为，那些冤家夫妻，大抵是前生结下的冤仇太深，比如江城之所以对丈夫棰杵有加，其原因就是"江城原静业和尚所养长生鼠，公子前生为士人，偶游其寺，误毙之"。因为怨结太深，所以报应也就格外惨烈而持久："天地之间，蚕们可以老了，刨树可以倒了，饥困可以饱了，肮脏可以扫了，惟独这着骨的疗疮，几时是个了呢？"

原因找到了，解决问题的方案当然也就有了：每天虔心念观音咒一百遍。按照蒲松龄的说法，这措施非常有效：两个月以后，观音幻化成一位老和尚出现在江城面前，她用一口含有法力的神水喷在江城的脸上，从此，江城就痛改前非，成了一位温柔的妻子和孝顺的儿媳。在这里，我们又一次发现了蒲松龄身上的矛盾：他是一个天才的艺术家，但并不同时是伟大的思想家。当他以一个艺术家的眼光观察社会与家庭的时候，他的眼光是敏锐的，笔触是动人的。他用含有无限才情的笔墨，描画出了一幅幅家庭生活的图景，它们足以使我们得到十本教科书也无法得到的关于古代生活的感性真实。但是，当他试图去解决这些问题的时候，他的局限性就暴露出来了：除了果报以外，他几乎不曾提供给我们关于任何问题的新鲜答案；除了积德行善外加念佛，他不曾提供给我们任何解决问题的新鲜途径。

　　蒲松龄创作的这类作品使得我们的批评界长期不知道该如何下嘴评说。这种尴尬来源于我们对传统的误解与偏见。"五四"以来的革命文化确立了我们的反封建倾向，培养了我们对于中国传统的总体估价。这种倾向和估价就总体而言应该说是积极的，但由于宣传的需要，在很多问题上就难免进行简单化甚至是漫画化的处理。比如关于中国古代妇女的生活，我们听到的大都是她们深受男权的压迫，深受纲常礼教的毒害之类的说教。这大抵不错。但是，我们也看到，礼教并不能规定具体的生活。在具体的婚姻生活中，影响夫妻双方强势与弱势地位的因素有很多，丈夫不一定就是综合实力处于强势的那一方。清代小说《八洞天》曾经把天下男人怕老婆的种类分成三大类，也就是"势怕""理怕"和"情怕"。其中"势怕"有三：一是畏妻之贵，仰其伐阅；二是畏妻之富，资其财贿；三是畏妻之悍，避其打骂。"理怕"亦有三：一是敬妻之贤，景其淑范；二是服妻之才，钦其文采；三是量妻之苦，念其食贫。"情怕"亦有三：一是爱妻之美，情愿奉其色相；二是怜妻之少，自愧屈其青春；三是惜妻之娇，不忍见其颦蹙。换言之，只要女性在"势""理""情"中的几项，甚至是一项上能够压倒男性，则她就有可能在婚姻中处于主导地位。一旦女性在婚姻中处于主导地位，而这位女性恰巧又是性格暴躁、具有暴力倾向的人，那么丈夫受苦恐怕也就是势所难免的了。

无论在过去还是在现在，家庭生活的质量都不是取决于社会对于婚姻作出了多少规定，而取决于具体婚姻中家庭成员的品质；只要人性还存在着不完善，则不完善的婚姻就将永远存在。正如林语堂所说，男权也好，礼教纲常也好，从来就没有彻底地统治过人们的生活，生物学规定了，当男女在进行亲昵行为时，他们是平等的。礼教规定女人不能嫉妒，不能串门，不能喋喋不休地饶舌，但仍然有很多女性仍然在串门，在嫉妒，在喋喋不休地饶舌。所以，刘兰芝与唐婉是一种社会真实，尹氏、江城同样是一种真实。蒲松龄为我们揭示出的这种古代家庭生活中的真实，打破了我们对古代妇女家庭地位的成见，打破了我们思想观念上某些先入为主的禁锢，开阔了我们的文化视野，使我们逼近了充满混乱和矛盾的历史真实。这是蒲松龄此类文学作品的最大贡献。

# 泼的辩证法

在中国古人的心目当中，典型的理想妇女类型当然是贤妻良母。蒲松龄是受着传统道德教育成长起来的读书人，这种传统的女性观念在他的作品中也多有体现。但是，在塑造了一大批这样的妇女形象的同时，蒲松龄还塑造了很多异常泼辣的妇女形象。她们与传统的妇德或有龃龉之处，但在蒲松龄看来，这些妇女同样有值得赞美之处。曹植《陇西行》中有所谓"健妇持门户，亦胜一丈夫"的话，移之于蒲松龄笔下的这类人物，殊为精当。

以《仇大娘》为例。从整个故事来看，仇大娘当然是一个至关重要的正面人物，但在她出场之前，作者却首先描述了她的种种不符合妇道的行径。她性情刚猛，动辄忤逆父母，以至于其父母已经"数年不一存问"。事实上，仇大娘的出场，也是与她的并不太好的名声紧紧联系在一起的。小人魏名在害得仇家濒临崩溃以后，正是抱着仇大娘如果知道仇家的变故，一定会产生趁乱争夺财产的念头，才托人将仇家的情况告诉仇大娘的。通过书中的交代，以及别人心中的印象，我们完全可以猜想得到，如果不是仇家遭到一系列的变故，仇大娘肯定会以不好的名声终其一生。

然而，就是这个以传统妇道来衡量并不完美的妇女，在家族遭受巨大的灾难的时候，却担当起了"挽狂澜于既倒，扶大厦之将倾"的重任。仇大娘接到魏名的传话回到家里的时候，仇家正面临着空前的困境：家长仇仲在大乱中被强盗掳去，生死不明。仇仲的叔叔阴谋夺取仇仲的财产，暗地里将邵氏卖给他人，虽然因为种种原因没有成功，但也将邵氏气得一病不起。长子仇福成亲后迷恋赌博，结果输得竟然要把妻子卖掉，姜氏为保住节操而自尽，幸亏被挽救过来。尽管有县令做主，惩罚了作恶多端的买主，但姜氏发誓不再踏进仇家，而仇福为逃避责罚，也远走他乡。整个家中，只剩下年幼的仇禄与病倒在床上的邵氏相依为命。仇家已经是山穷水尽，何况还有小人魏名时时窥伺，准备落井下石。而她的出现，立刻就使仇家的情况出现了转机。她先是将一纸讼状递到县衙，没有获得满意的结果，便又赴诉郡守，直到被赌徒侵占的田产归还给仇家。之后，在一系列的突发事件前，仇大娘总是能够当机立断，作出正确的选择，最终使得仇家在不长的时间中楼舍群起，壮丽拟于世家。仇大娘是在仇家几乎面临灭顶之灾的情况下出现的。她的出现，挽救了仇家的命运，对这个家族而言，她是真正"时穷节乃现"

的英雄。

值得注意的是，仇大娘之所以会取得这一系列的成功，其实都是与她早先被大家认为是缺点的性格特点——"泼"联系在一起的。典型的淑女的做派应当是大门不出，二门不迈，更不要说抛头露面地出入官府，与一帮光棍无赖打官司。而在整个官司中，仇大娘所表现出来的蔑视一帮光棍的气势、灵活机变的头脑，特别是以其人之道还治其人之身的手腕，更是令人叹服。那一群赌徒听说仇大娘要去衙门告他们，也不由得心虚，于是凑了十二银子，托人传话，愿意以此作为对仇福的赔偿，求她不要告状。仇大娘没有接受这个条件，银子却也不归还，而是以此为盘缠，最终告倒了这群无赖。按照人之常理，这十二银子是被告送上的和解费用，既然原告不同意和解的条件，这钱当然应该归还人家才是，仇大娘的做法，不乏胡搅蛮缠的意思。但这是常理。面对这样一群坑人田产的无赖，再讲什么人之常情，甚至是"以德报怨"的古训，是最终只配让狼吃掉的东郭先生。对付恶人，以恶治恶的手段是最行之有效的。这种手段，用之于常人常理，看起来不是那么光明正大甚至流于光棍无赖做派，但对付真正的无赖，也就只能如此。这样看起来，胡搅蛮缠算得上是一种极不好的缺点，但在非常的情况下，却又可以起到许多正面品格所无法替代的作用。

传统的理想妇女的形象几乎都是温柔贤淑型的。今天我们在评价一个妇女"泼辣"时，其中所包含的"有魄力，无顾忌"的些许欣赏的意味，古代是没有的。并且在古代也很难找到一个词能与今天的"泼辣"相当。能够为泼辣妇女叫好立传，透露出生活中的人物本身所具有的复杂性，归根结底，是因为蒲松龄对于生活、对于人物的深刻而全面的把握，以及对于自己感觉、思考的忠实，而不是为一种片面的理念禁锢了自己的头脑。其实，在真实的生活当中，完全是好或者完全是坏的人，即使不能说完全没有，那比例也是大致差不多的，更何况所谓好与不好的判断，其实都是由某一特定处境下的人所作出来的。同样的行为、品德，在一个环境下可以说是好的，但在另外的环境下，却未必是恰当的，甚至是错误的。对于所谓的"妇德"问题，同样也可以这样理解。蒲松龄对于这一点，有着深刻而敏锐的把握，在其作品中生动地反映了这个饱含着生活的辩证法的见解。

以正统儒家的眼光看来，女人对丈夫的柔顺无疑是一种美好的品德。然而，不分场合、具体对象的柔顺，在蒲松龄看来，却未必就值得赞扬。相反，在一些特定的情况下，女人的"泼"更能起到一味柔顺所起不到的作用。所谓："做妇人的，但犯了这个泼字，外边厢吵邻骂街，家中吵翁骂婆，欺姒娌，降丈夫，这是人人可恨的。虽是这等说法，这个泼字，若用的当了，就是合那疼汉子的孟姜，敬丈夫的孟光，一样相传。譬如巴豆、砒子，用在那好人身上，就是毒药，若是用的当了，就是那人参、黄芪也没有那样效验。"
（见《聊斋俚曲集》之《俊夜叉》）

　　大概是为了反证自己的这一套"泼妇持家"的理论，本篇还特地塑造了一个与仇大娘形成鲜明对比的"贤妇"姜氏。姜氏可以说是一个在各个方面都完全符合当时道德要求的传统型的理想妇女形象。她出身于读书人家庭，通情达理，明知仇家的艰苦处境，却还是信守婚约，无怨无悔地嫁给仇福。她顾全大局，为整个家族的利益考虑，用自己小家庭的劳动供养小叔子读书，指望能有朝一日仇禄能够科举发达，光耀门庭，实现家族的复兴。可是，这样一个贤良的妇人，却并不能阻止自己的丈夫在赌博的泥坑中的下滑，自己也遭到一系列的厄运。如果寻找原因的话，她吃亏就吃亏在一味地恪守"三从四德""温柔敦厚"的教条上。仇福被魏名引诱，动辄就将家中的粮食拿出去换钱赌博，姜氏并非不知道，但是，囿于三从四德的传统妇德的限制，她既拿不出撕破脸皮大闹一场的勇气，甚至也不敢告诉自己的婆婆，结果最终使得仇福在赌博的泥潭中越陷越深，不但把七八十石谷子及四十亩地输得精光，最终自己也被丈夫卖掉。从整个过程来看，魏名的居心固然险恶，仇福的不明事理固然可恶，但丈夫的堕落，未必就与做妻子的睁一只眼闭一只眼的放纵态度没有关系。这样说来，温柔顺从虽然是古来为众人所称赏的妇女的美德，但是也要看用在什么场合、用在什么样的对象身上。对于正在向恶路发展、和风细雨的劝告无用的浪子而言，传统的妇德不但不能匡正其失，反更足以促成其恶。

仔细分析仇大娘这个形象，可以发现两个非常明显的特点。第一，她出身于社会的中下层。这种安排符合当时的社会真实。实际上，越是上层社会，留给妇女施展手脚的天地就越狭窄。泼辣妇女改变家庭命运的情况也只有在中下等阶层那里才有可能，因为中下等阶层受到的教育程度偏低，礼教的影响比较小，家庭以及环境对于她们的某些超出传统之外的言行忍受程度也比较高。换到钟鸣鼎食之家，不要说施展自己的才能，就凭那样的性格，在那样的家庭中生存下去都会成为问题。仿佛是为了验证这一点似的，作品也写道，随着仇家的状况日益好转，仇大娘泼辣的个性也就越来越不突出了。

另外，仇大娘虽然有着种种与传统妇德相左之处，但在大节上却是不错的。她有着坚贞的品格，在丈夫死后，她一个人带着孩子守着几十亩薄田过日子，生活不可谓不艰辛，但从来就没有动过另外嫁人的念头。她勤劳能干，吃苦耐劳，当初回到毫无生气的家中，便承担起了家里的一切内务，并且历尽艰辛，打赢了与赌徒们的官司。此后，几乎所有涉及仇家命运的决定，都是由仇大娘作出的。可以说，没有仇大娘的勤勤恳恳，便没有仇家的兴旺发达。忠贞勤劳是她获得人们理解的必要条件。说到底，这是由于妇女在社会上的定位所决定的。女人附属于家庭，她们的价值就体现在对于家庭、家族的贡献。忠贞与勤劳的品质是一个女人对于家庭能够尽到本分的保障，是根本性的，而性格问题，虽也重要，但毕竟是相对次要的。人们看问题，总是看事情的主要方面。《论语·子张》曰："大德不逾闲，小德出入可也。"对于一个女人而言，忠贞勤劳是大德，个性是否温婉则是小节，更何况一味地温婉并非一定就是好事。

在中国的文学史上，这种泼辣、能干、忠诚的下层妇女形象是打着鲜明的蒲氏烙印的。她们之所以出现在蒲松龄的笔下，是有着深刻的原因的。蒲家家境本来就不算富裕，分家的时候，由于他和妻子忠厚老实，而他的哥哥嫂嫂们又特别精明，所以很是吃了些亏，加上蒲松龄不善于经营，科举路上又不顺利，这就使得他的日子过得很是清贫。这种民间背景决定了他对下层百姓的生活特别熟悉，那些泼辣而又能干的妇女就生活在他的周围，所以，他写起这种妇女形象来也就特别得心应手。但是，自身的境遇仅仅为蒲松龄创作这样的妇女形象提供了可能的条件，而将这种妇女形象写出来的原因，犹在于蒲松龄通过自己的观察敏锐地感受到，夫唱妇随的家庭模式，并不适合于所有的家庭。对于那些丈夫不能走正道的家庭而言，泼辣的妇女更能够拯救家庭的危机。就蒲松龄思想发展的轨迹来看，他是越到晚年，对这个问题

仇大娘

的认识越深刻，他在晚年特意将《仇大娘》改编为俗曲《翻魇殃》，又创作了反映丈夫在泼辣妻子的管束下终于浪子回头的《俊夜叉》，就是这一点的明证。

中国的文化，特别是儒家文化，是一种男性权势文化。古人讲三从四德，讲女子无才便是德，都是因为这个原因。一个女人的能力，如果要有所体现的话，也不过是相夫教子而已。总而言之，在传统道德的框架中，一个女人最大的美德应该就是顺从，女人应该体现出来的美就应该是阴柔之美；女性的力不是没有展现的机会，但即使是展现也往往是与阴柔联系在一起的柔韧之力，比如先前所定的夫家在家境败落以后仍能够义无反顾地信守婚约，又比如在丈夫死后，含辛茹苦地抚育孩子长大成人，坚韧地承受经济、生理、心理的折磨而初衷不改。男女有别的社会分工，在农业社会中有它的必然性与合理性，分工不同，要求当然也就不同。认为女人的理想品格是温柔，首先是由女人在社会中的从属地位所决定的。应该说，从总体来看，这种分工与对男女的要求是大体合理的。但是，任何事物都有一些特别的存在。许多男子遢冗无能或缺乏责任感，根本就担当不起家庭的责任，而偏巧又有一些女人，她们有着不能为繁文缛节所束缚的强悍的个性，她们旺盛的精力在纯粹的家务中根本就不能被消化（这里不包括那些奸、懒、谗、滑、刁的纯粹意义上的泼妇），所以，她们的言行常常超出传统的规定也就不足为奇。这些妇女往往不易为传统观念所接受。但蒲松龄的高明之处就在于他能够不为传统所拘束，而是忠实于生活的真实，以一种比较开放的眼光来观察、欣赏这类充满阳刚之气的女强人，从而也为中国文学的画卷贡献了又一类生动的人物形象。

# 贞洁的核心

　　《聊斋志异》中有一些篇幅不长，也不怎么著名的作品。这些作品，在最初阅读《聊斋志异》的时候，很容易被忽略过去。但是，当那些名篇因为太熟悉而不再成为关注的焦点的时候，这些作品的意义却对你敞开了。并且，你越是凝视它，就越能发现其中所透露出的深意。

　　《张氏妇》就是这样的一篇作品。

　　主人公张氏是一个胆子大得出奇的农家妇女。吴三桂作乱，朝廷派兵清剿，但这些清剿乱党的士兵给百姓造成的乱子实在是比乱党更大一些。他们所到之处，百姓财产被劫掠一空，年轻妇女被淫污殆遍。人心惶惶，妇女纷纷躲避。在这种情况下，只有张氏以一种挑战的姿态出现在这些为非作歹的士兵面前。她和丈夫在床下挖了一个深洞，然后在洞的上面盖上一面席子。当两个士兵出现在她家中的时候，她就招呼士兵"上床"——然后，士兵就摔了进去。她放了一把火烧死这两个士兵后，又拿着针线来到大道上。青天白日，又无物可以遮掩，所以一般的士兵在调笑一番后，也就只好悻悻而去。但一个无耻的骑兵出现了，他竟然要在烈日下奸污张氏。张氏面带微笑，半推半就。在调情的时候，她悄悄用针扎马。马因为微痛而啼嘶欲走，士兵只好把马系在腿上，然后来抱张氏。张氏假意回抱，暗中却用锥子猛刺战马。战马负痛狂奔，直到把士兵拖死。

这真是一个惊心动魄而回味悠长的故事。说它惊心动魄，是因为张氏以一个弱小的女子，竟然视比她强壮得多的士兵如无物，用自己的智慧杀死了三个企图淫污自己的士兵，保全了自己的贞洁。说它回味悠长，是因为在这个故事中，张氏的具体做法中所透露出来对于贞操的态度以及人们对于这件事情的看法很值得玩味。

张氏对于贞操的理解显然不属于官方正统。进入明清时期，由于男人们纵欲的风气日重，女子处于一种更容易受到引诱的境地，所以正统的理学家对女子的要求就更加严厉。如清代李晚芳的《女学言行纂》要求女子：

> 谨护其身，如执玉，如捧盈，如临大敌，如防小窃。可生可杀，可饥可寒，而不可使偶涉于不义，稍沾于不洁。值变不得从权以偷生，不得惜死以改节，处常则一念不可苟，一步不可苟。

简单地说，就是要在任何的情况下，都要保护自己的贞操，即使是面临死亡也不可以有稍微的犹豫，不得有任何从权的想法。

确实有一些妇女严格执行了这些规定，她们便是那些"节妇"与"烈女"。比如清代姚元之的《竹叶亭杂记》卷七记载了这样一件事：

> 道光十一年辛卯，海水潮涌，江水因之泛滥。自江西以下，沿江州县皆被灾。……大水时，一女子避未及，水几没腰，有一人急援手救之，女子乃呼号大哭曰："吾乃数十年贞节，何男子污我左臂！"遂将同被灾者菜刀自断其臂，仍赴水而死。

这样为了保全贞操而断臂燃身的女性不在少数。在清代的《烈女传》中，我们读到了无数这样的女子。深夜大火，一般人的反应是赶快跑出房子，哪里顾及什么穿不穿衣服，但偏偏有一些女子宁愿被火烧死，也不愿自己的身体被男人们看到。流氓拉了自己的手，一般人的反应是避开就是了，但偏偏有的妇女宁愿挥刀断臂，也不愿意这被玷污的身体部分留在自己的身上。在这些女子的身上，我们看到了对于贞操观念宗教徒一般的狂热。

任何人都能看出这种种规定以及执行这些规定的人的不

近情理。伦理道德是为人而设的，它的初衷是为了规范人与人之间的关系，使得社会更加和谐。当一项道德规定远离人性的时候，这项规定就失去了内在的活力与对大多数人的约束。但是宋明理学毕竟是官方的统治思想，况且，在私有社会中，男人为了获得一个血统可靠的财产继承人，必然要求女性的贞洁；而一般女性为了获得男子的信任，也必然对自己的贞洁非常看重。于是，在民间，早就盛行一种经过变通的、带有一种真正农民式智慧的新的贞操标准了。

我们说这是"农民式智慧"的贞操标准，是相对于"市井式的"与"士大夫式的"而言的。阅读过明清时期市井文学作品的人都有这样一种印象，即市井阶层对于女性的贞操实际上并不是非常看重。他们更看重的是实际的利益。正因为如此，西门庆才对于一般市井中女子有如此巨大的吸引力。王六儿委身西门庆，无非是为了得到银子，而她的丈夫韩道国对这件事情不但不反对，反而主动为他们创造条件。除了少数圣人式的卫道士，以及真正的风流放诞者，多数士大夫对于贞操则执行双重标准。对于自己的姬妾，他们要求她们守身如玉，舆论上支持"饿死事小，失节为大"，但在暗地里流行的则是"妻不如妾，妾不如娼，娼不如偷"的偷情哲学。张氏所奉行的，显然不是这两种。这种"农民式的"贞操观有着一种直指核心的智慧，这个核心就是女性的性器官。只要女子的性器官没有被丈夫以外的其他男子的性器官接触到，则该女子就被认为没有失去她的贞洁。

他们也确实抓住了核心。贞操观念，说到底，就是女子对于单方面的一夫一妻制的忠诚。而这种忠诚的需要是这样产生的："一夫一妻制的产生是由于，大量财富集中于一人之手，并且是男子之手，而且这种财富必须传给这一男子的子女，而不是传给其他任何人的子女。为此，就需要妻子方面的一夫一妻制度，而不是丈夫方面的一夫一妻制"（恩格斯《家庭、私有制和国家的起源》）。女子身上的器官虽然很多，但对于生殖起到作用的，则只有她的性器。

张氏的做法就是对这种新的贞操标准的最好的注脚。在这个故事中，我们看到，张氏对于自己的除了生殖部位以外的其他身体部分并没有特别的关注。当两个士兵进入她家中的时候，她奉上了自己的笑脸。她的话语也颇为暧昧。她对那两个试图奸污她的士兵说："此等事，岂对人可行者！"言外之意是说，我不是不同意，但要一个一个来。士兵们听出了这言外之意，于是一个人就先行退了出去。留下的士兵被张氏招呼到了床上——然后掉到了床下。几分钟后，同样的厄运在第二个士兵身上重演了一遍。她大路边行为的性质也差不多。首先，她对于路过士兵的调戏并没有什么激烈的举动。其次，当那个格外无耻的士兵要奸污她的时候，她也并没有厉声拒绝，而是用自己似乎暗许的笑容和半推半就的拥抱使得那个士兵丧失了警惕，然后趁便下手。这也就是说，只要贞操的底线不被突破，其他一切都尽可从权。

值得玩味的是张氏丈夫的态度。《张氏妇》基本上没有为这个次要人物花费笔墨，涉及他的只有一句话，就是"夜与夫掘坎井深数尺"。但从这侧面的一句话，我们也足以得到这样的信息：张氏的丈夫非但同意张氏的计划，而且是积极的合作者。我们甚至可以猜得到，当他看见自己的妻子假意勾引那些士兵的时候，一定还发出了会心而得意的微笑。

最后的问题是和蒲松龄有关的。毫无疑问，蒲松龄对张氏充满了赞美，因为他在作品的最后明确地表了态："巧计六出，不失身于悍兵。贤哉妇乎，慧而能贞！"这简直是一唱三叹了。这里所透露出的意味同样是深长的。综观蒲松龄，我们可以毫不夸张地说，他是一个受礼教影响非常重、贞操观念非常强烈的人，说他是个道学家也不为过分，这一点，只要我们看一看《耿十八》等篇章，以及他的文集中为那些贞女、烈女们所写的旌表文字就可以看出。他赞赏张氏，是因为她最终保住了自己的贞洁。但是，当贞操靠着聪明机智也难以保住的时候，在蒲松龄看来，女人唯一的选择就是死亡。因为在《庚娘》——《聊斋志异》中另一篇歌颂女人用智慧保全自己贞洁的故事——的"异史氏曰"中，作者明确说道："大变当前，淫者生之，贞者死焉。生者裂人眦，死者雪人涕耳。"那态度是非常明确的。但蒲松龄毕竟没有麻木到忽视人的求生的本能的程度，在能保住贞洁的底线的前提下，他也允许甚至赞赏那些权变的举动——这可以看作民间道学家和官方道学家的最大差别。因为在正统的道学家那里，甚至连"嫂溺援之以手"都被视为不贞洁而被禁止，张氏的举动，就更是难以忍受的了。

# 劝孝的误区

在中国的封建道德体系当中，"孝"处于核心的地位，所谓"百善孝为先"是也。将此"孝"上推到国君，便是"忠"；近推到兄弟，便是"悌"；"老吾老以及人之老，幼吾幼以及人之幼"，便可以"四海之内皆兄弟也"。正因为如此，中国的传统文化对于"孝"的推崇也最为不遗余力。"孝"本身没有问题，确乎可以称作中国一大传统美德，但对于"孝"的宣传却问题多多，有一种令人难以忍受的偏执倾向。其典型，便应当说是在封建时代广为流传的孝子教科书《二十四孝图》了。割股疗亲，卧冰求鲤，郭巨埋儿……其不近情理，简直到了荒唐的程度。难怪鲁迅少年时阅读一过，对它的厌恶便终生不易。在《二十四孝图》中，他曾谈到这本书在他少年的心中所留下的恶劣的印象：

> 其中最使我不解，甚至于发生反感的，是"老莱娱亲"和"郭巨埋儿"两件事。

　　我至今还记得，一个躺在父母跟前的老头子，一个抱在母亲手上的小孩子，是怎样地使我发生不同的感想呵。他们一手都拿着"摇咕咚"。这玩意确是可爱的……然而这东西是不该拿在老莱子手里的，他应该扶一枝拐杖。现在这模样，简直是装佯，侮辱了孩子。我没有看第二回，一到这一叶，便急速地翻过去了。

　　那时的《二十四孝图》，早已不知去向了，目下所有的只是一本日本小田海仙所画的本子，叙老莱子事云，"行年七十，言不称老，常着斑斓之衣，为婴儿戏于亲侧。又常取水上堂，乍跌仆地，作婴儿啼，以娱亲意。"大约旧本也差不多，而招我反感的便是"诈跌"。无论忤逆，无论孝顺，小孩子多不愿意"诈"作，听故事也不喜欢是谣言，这是凡有稍稍留心儿童心理的都知道的。

　　然而在较古的书上一查，却还不至于如此虚伪。师觉授《孝子传》云，"老莱子……常着斑斓之衣，为亲取饮，上堂脚跌，恐伤父母之心，僵仆为婴儿啼。"（《太平御览》四百十三引）较之今说，似稍近于人情。不知怎地，后之君子却一定要改得他"诈"起来，心里才能舒服。邓伯道弃子救侄，想来也不过"弃"而已矣，昏妄人也必须说他将儿子捆在树上，使他追不上来才肯歇手。正如将"肉麻当作有趣"一般，以不情为伦纪，诬蔑了古人，教坏了后人。老莱子即是一例，道学先生以为他白璧无瑕时，他却已在孩子的心中死掉了。

至于玩着"摇咕咚"的郭巨的儿子，却实在值得同情。他被抱在他母亲的臂膊上，高高兴兴地笑着；他的父亲却正在掘窟窿，要将他埋掉了。说明云："汉郭巨家贫，有子三岁，母尝减食与之。巨谓妻曰，贫乏不能供母，子又分母之食，盍埋此子？"但是刘向《孝子传》所说，却又有些不同：郭巨是富的，不过给了两弟；孩子是才生的，并没有到三岁。结末又大略相像了，"及掘坑二尺，得黄金一釜，上云：天赐郭巨，官不得取，民不得夺！"

我最初实在替这孩子捏一把汗，待到掘出黄金一釜，这才觉得轻松。然而我已经不但自己不敢再想做孝子，并且怕我父亲去做孝子了。家景正在坏下去，常听到父母愁柴米；祖母又老了，倘使我的父亲竟学了郭巨，那么，该埋的不正是我么？如果是一丝不走样，也掘出一釜黄金来，那自然是如天之福，但是，那时我虽然年纪小，似乎也明白天下未必有这样的巧事。

……

彼时我委实有点害怕：掘好深坑，不见黄金，连"摇咕咚"一同埋下去，盖上土，踏得实实的，又有什么法子可想呢。我想，事情虽然未必实现，但我从此总怕听到我的父母愁穷，怕看见我白发的祖母，总觉得她是和我不两立，至少，也是一个和我的生命有些妨碍的人。后来这印象日见其淡了，但总有一些留遗，一直到她去世——这大概是送给《二十四孝图》的儒者所万料不到的罢。

笔者之所以不嫌累赘、连篇累牍地引用这么多，实在是因为，《聊斋志异》中的许多劝孝文字，其"以不情为伦纪"的倾向，正与《二十四孝图》相同。

比如《水灾》。这应该是一篇纪实性的作品，不过我很怀疑它的可靠性。作品记康熙二十一年（1682）山东大水，一个农民和他的妻子在匆忙中丢下两个儿子，扶着母亲奔上高坡。在高坡上向下看，村中已经是一片泽国。大水退后，农夫回到村中，看到的自然是一片废墟，但只有一个例外，那就是自己家。房子安然无恙，两个孩子也好像什么事情也没有发生一样在床头玩耍。农夫的行为无疑值得赞赏。但我赞赏的却不是他的孝顺，而是他在大难来临之际，没有只顾自己逃命，勇敢地承担起了扶助家庭其他成员逃生的责任。至于救的是母亲，还是孩子，我以为并没有什么正确与错误、高尚与卑鄙的分别：对于给我们以生命，使我们来到这个世界的母亲，我们有报答与反哺的责任；对于因了我们而来到这个世界的孩子，我们有抚养和保护的义务，这两者之

间本来是同等重要，无法事先决定取舍的。在无法抗拒的灾
难来临之际，人能够做的，也只能是努力使危害减少到最
小，至于救谁，在那个时候恐怕只能是见机行事而已。但蒲
松龄却逼迫我们一定要在最亲近的、无法进行比较的人之间
进行抉择，并因这种选择的不同而给我们贴上"孝"与
"不孝"的标签。从"全村尽成墟墓，入门视之，则一屋仅
存"的结果，以及篇末"茫茫大劫中，惟孝嗣无恙，谁谓
天公无皂白耶？"的评语来看，蒲松龄对于人在这场巨大灾
难面前的无奈与无助无动于衷，相反倒似乎对天公的"有
皂白"颇为满意，这种论调，实在是不情之甚。

　　写到这里，忽然想到了纪昀的《阅微草堂笔记》里一则
与此相近的故事。故事讲雍正年间，一个讨饭的妇人抱着儿
子，扶着病弱的婆婆涉水过河。在湍急的水流中，婆婆失脚
跌倒。情急之中，这个讨饭的妇人舍弃孩子去救助婆婆，待
到婆婆站稳，儿子已经消失在茫茫河水之中。婆婆一旦明白
自己的生竟然是用孙子的死换来，立即痛责儿媳，说是张家
两代只有这么一个孩子，你怎么能把他丢下呢？因为想念孙
子，痛哭不食，婆婆在两天之内就死去了，而此丐妇也因伤
心过度，"呜咽不成声，痴坐数日，亦立槁"。对于这件在
当时颇有轰动效应的事件，理学家辩难不已：

　　　　有著论者，谓儿与姑较则姑重，姑与祖宗较则祖宗

重，使妇或有夫，或尚有兄弟，则弃儿是；既两世穷
嫠，止一线之孤子，则姑所责是。妇虽死，有余悔焉。

面对道学家呶呶不已的辩论，纪昀借助笔下人物评价说：
"夫急流汹涌，少纵即逝，此岂能深思长计时哉？……辨则
辨矣，非吾之所敢闻也。"

纪昀的见解，实远在蒲松龄之上，他不但表露出直面惨
淡人生的勇气，而且能对宋代以后道学家的种种不合情理的
迂见加以驳正。反观《水灾》，那种闭着眼睛，在自欺的同
时也欲欺人的态度，用林黛玉的话来说，"真真可笑亦复可
叹"。

《聊斋志异》劝孝而至于不情之境地的可谓比比皆是。
如《杜小雷》。益都人杜小雷，母亲两眼皆盲，而杜事之益
孝。一次，在出门之前，他买了一些肉，让妻子给母亲包馄
饨吃。妻子不孝，在切肉的时候，故意把蜣螂放在里面。杜
母当时没说什么，等儿子回来以后，便把馄饨给儿子看。杜
小雷发现了蜣螂，非常愤怒，正要惩罚妻子，却发现她已经
变成了一口猪——这口猪后来被当地政府当作反面教材牵着
示众，以警诫不孝的子孙。我不知道蒲松龄是怎样知道蜣螂
一定是杜妻故意放进馄饨里面的，因为杜小雷还没有问明白
是怎么回事的时候，妻子已经变成猪了。这个故事在当时大
概有人信的罢，但现在，除了提醒我们吃馄饨的时候要小心

以外，恐怕已经没有任何意义了。不但没意义，而且颇为可疑——说实话，我就极怀疑这个杜小雷是先杀掉妻子，然后又编了这个耸人听闻的故事以掩盖妻子的失踪。又如《周顺亭》。青州之民周顺亭的母亲腿长了一个大疮，痛不可忍，昼夜呻吟。周顺亭在梦中得到一个偏方，说是人肉熬成的药膏治疗此病有奇效。为了让母亲快速痊愈，周顺亭便从自己的腰间割下一块肉，熬成药膏，敷在母亲腿上。此方虽不载于《本草》，但据说确实管用，母亲的病果然马上就好了。尽管蒲松龄对周顺亭赞不绝口，然吾恐此方一传，则欲为孝子者皆两股战战矣。

说到蒲松龄本人，他确实是一个难得的孝子，我们没有任何理由怀疑他道德热情的真诚性。但本人的热情是一回事，能否将这种热情转换到文学作品当中，起到打动人心的艺术效果又是另外一回事。在《聊斋志异》中，我以为最糟糕的便是那些劝孝的文字。毫不夸张地说，《聊斋志异》中所有劝孝的文字加起来，还抵不过孟郊《游子吟》那短短三十个字的分量。因为孟郊写的是真正的人情，是真正从心田中流出来的对慈母的感激与深爱，而《聊斋志异》的劝孝文字中，除了空洞的道德说教，以及耸人听闻的果报以外，没有任何真正让人感动的东西。

对于聊斋用心良苦的劝孝，我们是可以理解的。如鲁迅在《我们现在怎样做父亲》中所说："就实际上说，中国旧理想的家族关系父子关系之类，其实早已崩溃。这也非'于今为烈'，正是'在昔已然'。历来都竭力表彰'五世同堂'，便足见实际上同居的为难；拼命的劝孝，也足见事实上孝子的缺少。"具体到《聊斋志异》，也很可以这样说：正是因为事实上孝子的缺少，所以聊斋对孝的推崇才如此不遗余力，这乃是对世情浇薄的矫枉过正。但理解不等于赞同。文学的目的是打动人心，手段是作用于感情。假若忽视了普遍的人性，脱离了真正的人情，不管作者的用心如何良苦，立意如何高尚，也难以取得理想的效果甚而只是徒然地引起读者的反感。《聊斋志异》中不成功的劝孝文字告诉我们，即使是蒲松龄这样的文学天才，一旦进入《二十四孝图》式的误区，也难以取得哪怕是些微的成就。

# 公案小说数则

　　《聊斋志异》中的公案小说，我们可以举出《胭脂》《于中丞》《老龙船户》《诗谳》《折狱》等数篇。这几篇作品，有的属于传统的公案文学，如《冤狱》《胭脂》《老龙船户》等；但也有几篇，比如《于中丞》《诗谳》，与中国传统的公案作品还真有点不一样。它们颇有一点现代侦探故事的意味。

　　让我们首先对中国传统的公案故事与现代的侦探故事做一个简单的区分。中国经典的公案小说我们可以约略举出数则，比如唐代传奇《谢小娥传》，"三言"中的《十五贯戏言成巧祸》《郝大卿遗恨鸳鸯绦》《况太守断死孩儿》等。其基本模式可以简单地归结为：事由—告状—诉讼—断案（详见应锦襄《世界文学格局中的中国小说》），即按照时间顺序，原原本本地描写案件的发生经过以及案件的审理过程。对于整个案件，读者始终了如指掌，他们不必对案件本身作出判断，而只需胸有成竹地审视官吏是否做到了明断。而现代侦探故事就不同了。以享誉世界的《福尔摩斯探案集》《莫格街凶杀案》《尼罗河上的惨案》等为例，其基本模式则是：案件—侦破—阐释，它们往往是从案件的发生写起，从一开始就给读者以强烈的悬念。在整个案件的侦破过程中，读者始终如堕五里雾中，直到案件侦破，经过侦探的解释，才会恍然大悟。也可以这样说，在中国传统的公案文学中，吸引读者的是人物的命运，是司法者的道德水准和事件本身的曲折离奇；而在现代的侦探故事中，吸引读者的则主要是扑朔迷离的侦破过程以及对于谜底的强烈的好奇心。

在《聊斋志异》中，《冤狱》与《老龙船户》属于传统的公案小说。

《冤狱》写的是阳谷县的书生朱某因为一句玩笑话险些丧命的故事。朱某是一个很喜欢开玩笑的人。妻子死后，他到媒婆那里，托她为自己物色一个合适的人选。见到媒婆的女邻居很漂亮，于是和媒婆开玩笑："这个女人真漂亮啊！你替我求亲，怎样？"媒婆也开玩笑："你把他丈夫杀了，我就给你提亲。"朱某笑着说："好啊！"过了些天，这个女人的丈夫在野外被人杀死。因为找不到别的线索，所以就抓住朱某说过的这句话，用尽酷刑，逼迫朱某承认与这个女人通奸，并谋杀亲夫。女人因为熬不住酷刑，只好承认。朱某见女人因自己的一句玩笑话而被如此拷打，临死还要背上一个奸淫的罪名，于心不忍，于是便独自承担了全部罪名。案件就这样定了下来。不想刑期临近的时候，真正的凶手宫标却被周仓（关公的副将）附体，承认了自己的罪行。

《老龙船户》讲的是广东巡抚朱徽荫在鬼神帮助下抓获海盗的故事。当时广东有一件怪事：往来商人经常莫名其妙地就失踪了，而且活不见人，死不见尸。朱徽荫为此事日夜忧虑，后来做了一个梦：城隍告诉他，杀人者是"鬓边垂雪，天际生云，水中漂木，壁上安门"。醒来以后，朱悟到："鬓边垂雪，老也；天际生云，龙也；水中漂木，船也；壁上安门，户也。"即"老龙船户"。以此为线索，朱将在老龙津杀人越货的海盗一举抓获。

我们说这两篇是传统的公案小说，是因为它们拥有中国此类小说的一切要素：顺序描写，明场铺叙，案情曲折，以及关键时刻的鬼神出场帮助。特别是周仓附体与鬼神以诗谜的形式托梦，更是极富中国特色。前者反映了民间非常盛行的关公崇拜（周仓附体而不是关公本人附体，大概是因为所附之人为小人，怕唐突关公的缘故）；后者则是为避免太平铺直叙，出于增加故事曲折性与趣味性的考虑（这种方法自从唐传奇《谢小娥》"始作俑"以来，为历代沿用不爽）。

但《诗谳》和《于中丞》就与以上的两则故事有着明显的不同。以《诗谳》为例。这篇小说一开始，作者就把一件凶杀案摆在读者面前：某年四月的一个雨夜，商人范小山外出经商，妻子在家中被人杀死。犯人已经逃之夭夭，现场只留下了一把诗扇，是王晟赠给吴蜚卿的。因为吴蜚卿平时轻佻好色，所以从县令到一般百姓，都认为杀人者为吴。案件就这样定下来，等待吴蜚卿的，仿佛就只有临期一死了。正当这时，周元亮到这里审核案件。审到吴蜚卿一案时，他若有所思。他问县令："说吴杀人，有什么证据吗？"县令回答说有诗扇为证。周仔细看了扇子，立刻命令把吴蜚卿从牢狱中放出，随即命令把某酒店的主人找来，问："酒店的墙壁上有署名李秀的两首诗，是什么时候写的？"主人回答去年。周命令把李秀拘来。见到李秀，周把扇子扔到他面前："明明是你写的诗，为什么假托王晟？"李秀看了扇子，说："诗是我的，但笔迹不是我的。这笔迹像是王佐的。"周又把王佐拘来。王佐说："这是张成朝我要的。他说王晟是他的表兄。"周说："罪犯就是张成了。"把张成抓来，他马上就承认了罪行。原来张成早就对范小山的妻子垂涎三尺，又怕事情败露，于是就请王佐题写诗扇带在身边，好嫁祸一向名声不好的吴蜚卿。杀人是出于意外，因为事先他也没有想到范小山的妻子那么激烈地抵抗并且大喊大叫，不杀她自己就无法逃走；但嫁祸的念头却是早有的。

案件到这里就结束了，但是读者却更加迷惑了：周到底凭什么断定杀人的不是吴蜚卿呢？他又是出于什么样的原因，迅速断定李秀就是这个案件的突破口呢？后来某乡绅问周，他解释说："这很简单。四月，又是一个雨夜，扇子并不是什么急用的东西。谁会在作案这样紧张忙乱的时候，带上这样一件并不急用的东西呢？所以必然是嫁祸无疑。说到李秀，是因为我在那家酒店的墙上见到过一首诗，风格与扇子上的诗非常相似。"

这真是不同寻常的写法。按照中国传统的公案小说的笔法，这个故事的写法应该是这个样子：

> 青州贾人范小山妻甚美。铁商张成欲挑之，恐不谐，念托名于同里轻薄儿吴生蜚卿，必人所共信，故伪为吴扇。四月间一微雨夜，侦知小山贩笔未归，逾垣入，逼妇。妇因独居，常以刀自卫，既觉，乃操刀起，且号。成惧，遂杀之，委扇而去。
>
> 翌日案发，因于泥中得扇，且吴素有佻达之行，故里党共信之。郡县拘吴至，坚不伏，而惨被榜掠，遂以成案。会周元亮分守是道，会稽旧案。至吴案，因思扇非四月之急物，无乃无赖子之嫁祸乎？方念之，而昏然欲眠。惚恍间，见金甲力士，曰："十八子，苗食间。"既寤，阴念曰："十八子，无乃李乎？苗实之间，非秀而何？"因拘李秀至。秀云："诗则某作，迹则王佐。"又拘佐至，佐曰："此铁商张成索某书。"拘成至，一鞫而服。

为了与《诗谳》相区别，我们姑且将后面的故事命名为

《诗扇》。任何人都能轻易看出《诗扇》与《诗谳》的差别。当然，这差别首先是文采上的，因为《诗谳》的作者是大才子蒲松龄，而《诗扇》的作者乃是不才区区。但我请求读者忽略文采上的差别而注意故事本身。前后两则故事最大的差别在于情节的前后构成。《诗扇》是按照传统公案故事的笔法写成的，在开头就把案件的来龙去脉交代得一清二楚，读者是在没有悬念的情况下，俯视着案件的审理情况的；而在《诗谳》中，作者除了在现场放置了一把足以把读者引向判断歧途的扇子以外，没有留下任何其他的线索，读者被作者牵着鼻子，直到最后才恍然大悟。第二个区别是在断案的线索的抽绎上。在《诗谳》中，没有任何神秘力量在起作用，周元亮借以找出线索的，完全凭借的是自己敏锐的觉察和对于诗歌的感受能力，后者也可以说是判断此类案件的专业知识；《诗扇》中起作用的，则是鬼神的暗示，是超自然的神秘力量。而后者，在传统的公案小说中，实在是用滥的俗套。前人批评《西游记》的缺点，有一条就是"每到弄不来时，便是南海观世音来救了"，将此话转而形容传统的公案小说，也可以这样说："每到弄不来时，便是鬼神来显灵托梦了。"谓予不信，请看包公故事，有几件稍微曲折一点的案子，能没有鬼神的帮助呢？

中国的公案小说，大致经历了两个阶段。第一个阶段是经典的公案小说盛行的时代，其流行时间为宋元明，其主干一般为断案；第二个阶段则为变种公案小说也即公案小说与武侠小说合流的时代，其流行时间为清，主干为锄奸灭盗。清朝之所以出现这种合流的情况，主要是因为经历了宋元明三代，民间传奇、史书笔记、话本戏剧中的材料几乎被搜罗殆尽，于是只好企求借与武侠的合流以为自救。殊不知，这种杂交乃是饮鸩止渴之举，它使得公案小说与武侠小说同时因面貌模糊而陷入危机。现在看起来，这种着眼于内容方面的变革走的是一条错误的道路。正确的道路，其实应该是蒲松龄在《聊斋志异》的创作中所指引的那条以笔法取胜，以悬念吸引读者的道路。

可惜，这种不同寻常的笔法在当时没能引起人们的足够注意。

# 土法鉴定 DNA

一个女人，在丈夫死后离奇地怀孕生子，并坚称这就是丈夫的骨血。婆婆欣然接受了这个孩子，但多事的里正却以有伤风化之名将她告到县衙。

县令的裁决，关乎风化人心，也关乎一家命运。那么，他究竟会做出何种裁决呢？请看《土偶》。

故事发生在山东沂水。这家的男主人姓马，娶妻王氏。马某早丧，王氏于是面临着一个重大的抉择：是趁着青春年少琵琶别抱，还是留在马家为丈夫守节。

王氏父母力主女儿改嫁，但王氏坚决不同意。婆婆本身就是个寡妇，深知守节不易，也劝王氏："你有志气守节，这是好事，我作为婆婆，自然没有理由反对。但是，守节这件事，说起来容易，做起来实在太难。我这一生，见过许多例子，都是在开始的时候勉为其难地去守节，但后来受不了一个人的寂寞，结果弄出许多不清不白的事情。你现在青春年少，又没有孩子，现在改嫁，乃是人之常情，何必一定走守节这条路呢？"

婆婆的话，可以说是晓之以理、动之以情，但王氏依然毫不动摇。见王氏态度如此坚决，两家的老人也就只好作罢，听任王氏守节了。

为了寄托对丈夫的思念，王氏让人为丈夫塑了一尊泥像，就摆放在自己的房间里。每天吃饭的时候，都要给丈夫的泥像也摆上一份；每天晚上，也都要在泥像前祈祷一番，然后才肯入睡。这样的日子持续了一段时间之后，王氏竟然怀孕了。

一个守节在家的女人，怎么会怀孕呢？王氏自己是这样解释的：一天晚上，她像往常一样在丈夫的泥像前祈祷了一番，正要入睡的时候，泥像忽然欠了一下身，接着一伸脚就下了地。随着双脚的落地，身量也忽然暴长，一转眼就和真人一般大小了，再看面貌五官，无一不和死去的丈夫一模一样。开口说话，也是丈夫的声音。王氏又惊又喜，刚要喊婆婆也过来，但被丈夫制止了，说是阎王感动于王氏的爱心与贞操，特批自己与王氏见面以延后嗣，不必惊动他人。鬼魂的表现和生前差不多，唯一的区别就是不能见光，所以每到鸡鸣的时候，丈夫就必须起床离开。这样夜来晓去的日子过了一个月左右，王氏怀孕了。得知消息，鬼魂潸然泪下，说既然如此，我们之间的缘分也就尽了。从此以后，果然就不再来了。这就是以往的经过。

对王氏的解释，婆婆选择相信。

转眼十月胎期已到，王氏果然生下了一个男孩儿。寡妇生了孩子，乡里邻居难免指指点点，王氏到处和人解释事情的原委，奈何说破了嘴皮，只是无人相信。麻烦还不仅如此。马某在世的时候，曾经得罪过当地的里正，如今里正觉得马家守寡的媳妇却生出了孩子，正是自己报复的好机会，索性一纸讼状，将王氏告到了县令那里。

来到县衙，王氏一口咬定孩子就是自己和丈夫的鬼魂所生。县令对王氏的婆婆和左邻右舍进行了一番调查，也没有发现王氏有什么不检点的行为。

一边是认定寡妇生子必有奸情的里正，一边是坚持儿子是自己和丈夫鬼魂所生的王氏，这真让县令左右为难。正当此时，县令忽然想起一个广泛流传的说法，说是鬼的儿子有一个明显的特征，就是没有影子，于是命令衙役把王氏的儿子抱到日光下，看看有没有影子。结果是有，但是和其他人的影子不太一样，淡得就像一缕青烟。这给原被告双方都留下了很大的解释空间：里正说有影子，当然就可以断定此子乃王氏与奸夫所生；但王氏也可以以虽然孩子的父亲是鬼，但母亲是人，有影子也在意料之中，如今孩子的影子这么淡，本身就足以说明他有一半鬼的血统。

县令一拍脑门，又想出了第二招：滴血认亲。

什么是滴血认亲？就是依靠观察子女与父母的血液或骨

殖是否相溶或渗透而判断是否存在亲子关系的一种方法。具体方法又有两种。第一种是"合血法"，用来鉴定活人之间的亲子关系，方法是清水一碗，然后令二人刺破手指，将血滴入清水之中。如果二人之间存在着亲子关系，则血液很快会融合在一起；如果不存在亲子关系，则两人的血液不能相融。第二种是"滴骨法"，用来鉴定活人与死者之间的亲子关系，方法是取死者的骨殖，然后将生者的指头刺破，将血滴到死者的骨殖之上。如果二人存在着亲子关系，则血液会很快渗入死者的骨头之中；如果不存在亲子关系，则血液不能渗入。

接下来将要发生什么？按照我们的猜测，大概县令要打开马某的棺材，取出马某的骨殖，然后滴骨认亲了吧。错。县令才没有那么麻烦。他的做法是，刺破孩子的手指，然后将血液滴到马某的泥像之上，结果血液几乎是立刻就渗透进了泥像之中。为了排除其他泥像的可能，县令还命人找来了其他几个泥像，也将孩子的血液滴到那几个泥像之上，结果孩子的血都不能渗入，一擦就擦掉了。根据这些情况，县令作出了他的判断：孩子必是王氏与马某所生。作为一地的行政长官，县令的断案是富有法律效力的，于是这桩案件，就以里正的败诉而终结了。县令刚断明此案时，大家都笑话县令糊涂；过了几年，这孩子无论相貌神情都和马某当年一模一样，众人才相信了王氏的清白与县令的英明。

从蒲松龄给这个故事所做的结尾来看，蒲松龄是相信王氏清白的。不过，王氏的话能骗得过蒲松龄以及当时的一干人众，却骗不过生活在科学昌明时代的我们。

首先，女人要生孩子，一定是以两性的结合为基础的，这是众所周知的常识，不必赘述。

其次，县令据以断案的依据"滴血认亲"，是完全靠不住的。站在科学的角度上，尽管滴血认亲被我国古代刑侦专家宋慈写入《洗冤录》，成为旧社会进行亲子鉴定的权威手段，但我们还是要不无遗憾地指出，无论合血法也好，滴骨法也好，都已被证明是一种完全无效的方法。骨骼无论保存在露天里，还是埋藏在泥土中，经过较长时间，一般情况下软组织都会经过腐败完全溶解消失，毛发、指（趾）甲脱落，最后仅剩下白骨化骨骼。白骨化了的骨骼，表层常腐蚀发酥，滴注任何人的血液都会浸入。而如果骨骼未干枯，结构完整、表面还存有软组织时，滴注任何人的血液都不会发生浸入的现象。对于活体，如果将几个人的血液共同滴入清水，则不久都会融合，不必尽系骨肉至亲。"滴骨认亲"在今天看起来已经足够落后，而县令由此创造性开发出的"滴像认亲"就更是尽显荒谬。

再次，退一万步来讲，就算我们姑且承认"滴血认亲"有道理，那么县令的做法也是不严密的。孩子的血能渗入马某的泥像而不能渗入别的泥像，只能说明马某的泥像表面比较特殊，吸水性较好而已。要想证明马某的泥像与孩子之间存在着特殊的关系，至少还需要再找几个人，也将血滴到马某的泥像上，看马某的泥像对其他人血液的渗入状况。如果其他人的血都不能渗入泥像，而只有孩子的血才能渗入，则才能证明孩子与土偶有着极其特殊的关联。

不过，据此就认定县令是个行事荒唐的傻瓜，却也过于武断。从常情来看，县令应该并不是因为愚蠢而作出这个判断的。中国古代的地方官员基本上是读书人出身，而要做到县令的位置，至少要有举人甚至是进士的功名才可以。而以科举考试的录取率之低，能考上举人或进士，智商起码应该在正常以上。在我看来，这个县令之所以如此，很可能是出于更深的考虑。按照《大清律》"犯奸"门的第一条规定："凡和奸杖八十，有夫者杖九十。"其第四条又做了如下补充："其和奸刁奸者男女同罪，奸生男女责付奸夫收养，奸妇从夫家嫁卖。"假如县令从日常情理判断，固然很容易断定孩子并非是什么王氏和所谓马某的鬼魂所生，但如此一来，一个本来就不完整的家庭就会更加支离破碎，一个女人就会一生生活在别人的嘲笑中，一个本来可以正常成长的孩子就会变成一个弃儿。真相容易得出，但这份真相背后的沉重和惨痛，却实在让人承受不起。正因为如此，县令才宁愿背着糊涂的骂名做出了这个相当离谱的鉴定。在很多时候，法律与人情，礼教与生活之间，确实是存在着难以两全的情况，县令的这种做法，虽然从法律的角度来看难说严谨，但站在人性的立场上，我以为还是一片菩萨心肠，值得称赞。

再说王氏。我以为她的教训更值得深思。说到过去女性的守节，我们经常说的一点就是所谓礼教对女性的压迫。但在《土偶》这篇小说中，王氏守节却完全是出于自愿，而非别人的强迫——恰恰相反，清代的法律并不禁止寡妇再嫁，她的亲人也都劝她趁着年轻改嫁。也就是说，无论法律还是人情，都给王氏留下了充分的选择余地。在这样的情况下，王氏就应当认真地考虑守节所可能带来的种种的寂寞与苦楚，再作出自己的选择。与其在一开始没有充分考虑就贸然作出决定，并最终因为熬不住守节的清苦而与人私通并最终生下了一个孩子，还不如当初就正大光明地改嫁。很多事情，与其勉强于初，还不如从实际出发，作出实事求是的选择。这不仅是王氏的教训，对于今天的我们，也仍然是一个生动的案例。

# 犬 奸

　　凡是对鲁迅有所了解的读者，都不会对《呐喊·自序》中所描述的那个刺激他放弃了医科，而把改变国民精神作为毕生追求的场景感到陌生：一个据说是给俄国做侦探的中国人被杀头，许多他的同胞来鉴赏这示众的盛举，"一样是强壮的体格，而显出麻木的神情"。鲁迅所描述之场景，确可谓触目惊心，但要论反映旧时代人性之卑污与阴暗，则鲁迅先生所见，较之《犬奸》，恐怕就略逊一筹了。文字不长，故全文引录如下：

　　　　青州贾某，客于外，恒经岁不归。家畜一白犬，妻引与交，犬习为常。一日，夫至，与妻共卧。犬突入，登榻啮贾人竟死。后里舍稍闻之，共为不平，鸣于官。官械妇，妇不肯伏，收之。命缚犬来，始取妇出。犬忽见妇，直前碎衣作交状，妇始无词。使两役解部院，一解人而一解犬。有欲观其合者，共敛钱赂役，役乃牵聚

268

令交。所止处，观者常数百人。役以此网利焉。后人犬
俱寸磔以死。呜呼！天地之大，真无所不有矣！然人面
而兽交者，独一妇也乎哉！

对于这位"不堪雌守之苦，浪思苟合之欢"的女人，在下
要说的只有两点：一、由于长期的性压抑，她有着严重的变
态倾向；二、她没有杀人动机，丈夫的死乃是一件偶然的突
发事件。所以，套用一句"文革"语言，其行为虽然"不
齿于人类"，但罪不至死，更不至于被千刀万剐地凌迟。

倒是人们对于这件事情的态度，以及作者在其后的那则
长长的"异史氏曰"，颇值得我们深思。

首先，这件案子是怎样被发现的？按照作者说的，是
"里舍（邻居永远是道德的监护者）稍闻之，共为不平，鸣于
官"。如果他们不是出于不平而向官府举报，则此妇女很可
能就要逃脱惩罚，逍遥法外。从作者陈述的语气来看，这些
邻居在这件案件中充当的是风化捍卫者的角色，颇值得尊敬
了。但在这字里行间，我却读出了颇多的疑问。这个妇女的
丈夫——那个倒霉的商人是被自己家的狗咬死，应该不是什
么秘密，因为人死了，总要有一个交代，而被狗咬死的痕迹
是无法在他人不知就里的情况下也是没有必要向前来验尸的
仵作加以隐瞒的。这事儿虽然稀奇，却并不古怪：一来狗对
主人翻脸的事情本不少见，被自家狗咬的人比比皆是；二来

作者也交代得很清楚，商人常常一年到头不回家，狗对男主人并没有太深的印象，误把主人当作闯入的陌生人，也属事出有因。但是，关于这个倒霉商人被狗咬死的真正原因——对男主人的嫉妒（听起来非常别扭，但也只能如此）——是如何被诸位邻居知道的，就颇让人费解：既然狗不会说话，这个女人又不会对别人乱说。

答案只能有一个，那就是邻居的观察。

疑问就又来了。这个女人在丈夫死后，是独自生活在家中的，这种极度私密的行为，邻人是如何观察到的呢？

不必着急，待看过一段里舍捉奸的文字后，答案便不难发现了。

且说西门庆新搭的开绒线铺伙计，也是不守本分的人，姓韩名道国，字希尧，乃是破落户韩光头的儿子。如今跌落下来，替了大爷的差使，亦在郓王府做校尉。见在县东街牛皮小巷居住。其人性本虚飘，言过其实，巧于词色，善于言谈。许人钱，如捉影捕风；骗人财，如探囊取物。自从西门庆家做了买卖，手里财帛从容，新做了几件虼蜽皮，在街上掇着肩膊儿就摇摆起来。人见了不叫他个韩希尧，只叫他作"韩一摇"。

他浑家乃是宰牲口王屠妹子，排行六儿，生的长跳身材，瓜子面皮，紫膛色，约二十八九年纪。身边有个女孩儿，嫡亲三口儿度日。他兄弟韩二，名二捣鬼，是个要钱的捣子，在外另住。旧与这妇人有奸。赶韩道国不在家，铺中上宿，他便时常走来与妇人吃酒，到晚夕刮涎就不去了。不想街坊有几个浮浪子弟，见妇人搽脂抹粉，打扮的乔模乔样，常在门口站立睃人，人略斗他斗儿，又臭又硬，就张致骂人，因此街坊这些小伙子儿，心中有几分不愤，暗暗三两成群，背地讲论，看他背地与什么人有首尾。那消半个月，打听出与他小叔韩二这件事来。原来韩道国这间屋门面三间，房里两边都是邻舍，后门逆水塘。这伙人，单看韩二进去，或夜晚扒在墙上看觑，或白日里暗使小儿子在后塘推道捉蛾儿，单等捉奸。不想那日二捣鬼打听他哥不在，大白日装酒和妇人吃，醉了，倒插了门，在房间里干事。不防众人睃见踪迹，小猴子扒过来，把后门开了，众人一齐进去，掇开房门。韩二夺门就走，被一少年一拳打倒拿住。老婆还在炕上，慌忙穿衣不迭，一人进去，先把裤子扯在手里，都一条绳子拴出来。（《金瓶梅》三十三回）

回到《犬奸》。事情败露的最合理的解释就是：本来，由于丈夫长期不在家的原因，就有一群浮浪子弟整日在这个女人的门口招摇，希望能在这个女人那里讨一点便宜；待到丈夫死后，这群人就更加放肆了。谁知道这个女人竟然不为所动。这群少年于是就在暗地里窥伺，看她"与什么人有首尾"。没有想到，与女人有首尾的不是人，而是一条狗。这群少年觉得抓住了她的把柄，于是就把这件事情告到官府，作为对她的报复。

官府对这件事情的审理过程也充满了疑点。在没有任何调查取证的情况下，这位妇女就被带到了官府，然后就是刑讯逼供。逼供没有结果，于是就把狗牵到公堂。狗的一个动作"直前碎衣作交状"，就决定了这位妇女被凌迟的命运。按照现代的司法眼光来看，这个案件的判断是没有什么说服力的，因为这位女人的丈夫早就死了，狗的表现只能说明这位妇女目前有严重的变态，而并不能证明妇女对丈夫死亡有任何直接的责任。可以推测一下案件的审理过程：邻居状告妇女与狗有不正当的关系，并认定她丈夫的死是这种关系的直接后果。地方官闻知大怒，于是把这位妇女带到官府，命令严刑拷打，逼她承认是她和狗把丈夫害死。女人不承认是她害死了丈夫(也确实不是)，出于羞耻的原因，也竭力否认她有变态行为。官员于是命令把狗带上来。狗的行为证明了这位妇女确实有兽交的行为。于是官员惊堂木一拍："此种行径，真乃狗彘不如！能干出这种事，还有什么做不出来的！"于是，谋害亲夫的罪名便成立了。至于妇女的供词，中国有一句古话，叫作"捶楚之下，何求不得"，这只要看

明断如包公，尚且在问不出个所以然的时候就连呼"大刑
伺候"，便可以清楚地想见。这样一来，蒲松龄对这个案件
的陈述也就得改一改了。公正客观的陈述只能是这样："某
媚妇与犬交，为里舍侦知。因共指其夫之死，乃犬之妒杀。
官察知其人果变态者，乃断以陵迟之刑。"

最触目惊心的还是这位妇女此后一再被非人侮辱的命
运："使两役解部院，一解人而一解犬。有欲观其合者，共
敛钱赂役，役乃牵聚令交。所止处，观者常数百人，役以此
网利焉。"这位可怜的女人就这样一路走，一路满足着动辄
数百看客的低级趣味。他们看到的无疑是这个世界上最龌龊
的一幕，但映照出的，却是他们更龌龊猥琐的灵魂。而带着
这卑污的愿望满足之后的快感离去之后，他们就又戴上卫道
的面具，去侦察邻居的隐私，并十分"不平"地去向官府
举报了。这不由得令人一下子想起鲁迅1928年在《三闲集·
铲共大观》中说的"还要揭出一点黑暗，是我们中国现在
（现在！不是超时代的）民众，其实还不很管什么党，只要
看'头'和'女尸'。只要有，无论谁的都有人看"来。中
国旧时代群氓之无聊猥琐，于此简短的叙述中，全部暴露
无遗。

那么，蒲松龄本人的态度呢？请看正文后所附的那则比
正文更长的"异史氏曰"：

异史氏为之判曰：会于濮上，古所交讥；约于桑中，人且不齿。乃某者，不堪雌守之苦，浪思苟合之欢。夜叉伏床，竟是家中牝兽；捷卿入窦，遂为被底情郎。云雨台前，乱摇续貂之尾；温柔乡里，频款曳象之腰。锐锥处于皮囊，一纵股而脱颖；留情结于镴项，甫饮羽而生根。忽思异类之交，真属匪夷之想。庬吠奸而为奸，妒残凶杀，律难治以萧曹；人非兽而实兽，奸秽淫腥，肉不食于豺虎。呜呼！人奸杀，则拟女于剐；至于犬奸杀，阳世遂无其刑。人不良，则罚人作犬，至于犬不良，阴曹应穷于法。宜支解以追魂魄，请押赴以问阎罗。

很明显，在对这件事的评论当中，蒲松龄虽然用了许多诸如"人面兽交""肉不食于豺虎"之类道德与感情色彩都很强烈的贬语，但像"云雨台前，乱摇续貂之尾"之类充满暗示意味的"妙语"，还是将蒲松龄本人颇有一点狎玩的态度显示了出来。

无疑，"犬奸"事件本身也好，邻居的检举揭发也好，官府对本案件的审理也好，押解路上的龌龊一幕也好，都是对于病态社会的病态记录。也许是这个原因吧，绝大多数论者都不愿或者不屑以此而玷笔。但我以为，文学的作用并不仅仅是要给人以美感，像鲁迅那样，揭发人性的痼疾，"将旧社会的病根暴露出来，催人留心，设法加以疗治"，同样是一件非常有意义的工作。以《犬奸》而论，从中暴露出的民众的冷漠与猥琐，断案者的武断与昏庸，执法者对罪犯人权的蔑视与践踏，都还不仅仅属于历史。在现实生活中，许多古国的痼疾，仍然根深蒂固地存在着。

# 史官情结

　　在中国的文化部门中，史学是非常显赫的一支。儒家的创始人孔子自己就对历史非常重视，他生命的最后的时光就是在修订前代的史书《尚书》以及撰写《春秋》中度过的。据说孔子撰写《春秋》"而乱臣贼子惧"。之所以如此，就是因为史官可以以自己的一支笔，用所谓"春秋笔法"，微言大义，表明自己的褒贬，既可以用这种方法引起当权者的注意，使他们在执政的时候能够有所顾忌，也可以垂诫后世，对于后世的行政者有所影响。

　　然而，并不是所有的读书人都能够获得写史的资格与权力。书写正史，首先要通过科举考试，而后还要得到朝廷的任命，才能得到史官的身份而进入史馆，这在科举路断的蒲松龄而言是不可能的。修私史，不是没有先例，但清朝政府对私人修史的态度是极为敏感的，庄廷鑨明史案、沈天甫伪造明末诗集案等一系列严酷的文字狱使得民间人士对于私人修史心存恐惧。现实条件的限制，以及作者自幼形成的

"雅爱搜神"的爱好，使得蒲松龄选择了以《聊斋志异》——一部"鬼狐史"与稗官野史的混合体文言小说——来行使在儒家而言通过写史能够完成的使命。谈狐说鬼与直接的伤时骂世毕竟有所不同，它可以避开统治者高度敏感的神经；与此同时，又不妨碍在其中寄寓褒贬，表明自己的态度，行使史官对于现实乃至后世政治的历史责任。

种种迹象都表明蒲松龄有着非常深厚的史官情结。比如《聊斋志异》所采用的体例，正是纪传史书所惯用的，即前边记载人物的主要事件，重要人物、事件的后边则附上作者对于该人物事件的简约的评论；又比如作者在许多场合都称《聊斋志异》为"鬼狐史"，以与所谓"人史"相比附；最为明显的证据则是蒲松龄每每在《聊斋志异》的正文之后，都有一段"异史氏曰"，则他分明是以一个史官自命了——不过这个史官不是传统意义上的史官罢了。

但比这些外在的迹象更重要的则更在于蒲松龄对于史官意识的自觉传承上。如前所述，史官意识的精核，就在于能够秉持公心（当然是儒家眼中的公心），激浊扬清，对于现实政治有所影响，并垂鉴后世。《聊斋志异》的实践，充分显示了蒲松龄是认真贯彻这一宗旨的。蒲松龄所处的顺治、康熙年间，若就清王朝而言，是处在王朝的前期，但就整个中国封建社会而言，则是处在日趋解体的阶段。经过晚明中后期商品经济大潮的冲击和横流的人欲对礼教的侵蚀，又经过明清之交几十年的社会大动荡，社会风气江河日下。尽管清统治者一再强调以仁孝治国，一再整顿吏治，但收效甚微。官僚系统日益腐败，上层人物的寡廉鲜耻，更使得礼教败坏，加重了社会的混乱。面对这种社会现状，作为一个正统的儒家知识分子，蒲松龄希望以自己的笔墨为药石，对种种丑恶的现象有所针砭。在《聊斋志异》中，作者对那个时代的许多政治问题都有所反映，合卷而思，社会时代的风貌就如同图画一样浮现在我们的脑际。

社会的污浊黑暗与秉笔直书的史官精神决定了蒲松龄对于现实政治的主要态度是批判，又因为儒家坚信"君子之德风，小人之德草，草上之风，必偃"，在上位的人对于现状起着主导作用因而也就应该负有主要责任，所以蒲松龄批判的矛头也就相当集中在官场上。在《聊斋志异》中，反映官场黑暗的作品比比皆是：《红玉》中，冯相如的妻子被免官的御史看上，结果冯家被弄得家破人亡而无处申诉；《商三官》中，商父被土豪打死，却告冤无门……当时的官场，用蒲松龄作品中的话来概括，正所谓"强梁世界，原无皂白，况今日官宰，半强寇不操矛弧者"，"天下之官虎吏狼者，比比也！"更为难得的是，蒲松龄不仅写出了当时政治的黑暗，有的篇章更对政治腐败的根源作出了自己的思考。比如在《席方平》中，蒲松龄集中揭示了金钱对于整个官僚体系的巨大的腐蚀作用，在《梦狼》中，则借白甲的口说出了官吏漠视民命的根本原因："黜陟之权，在上台不在百姓。上台喜，便是好官，爱百姓，何术复令上台喜也？"这些见解，即使在今天，也还不失为资治的镜鉴。

相映于对丑恶的社会现象、卑劣无耻的官员的不遗余力的鞭挞，对于那些清正廉洁、明察秋毫、有良知、为民做主的官员，蒲松龄则是饱含激情地进行歌颂，为他们立传，以便让后人永远地记住他们。比如《于中丞》中的于成龙，能够在蛛丝马迹中发现一般人所难以发现的线索，最终破获了一起起疑案。又如《胭脂》中的施闰章，巧妙地利用了罪犯在作案后的紧张心理，最终使得一桩已经成为定案的冤狱获得平反昭雪。如果不是蒲松龄，这些人的这些事迹恐怕早已被人们遗忘了。就像李广、西门豹等人借《史记》而获得不朽，这些人，也在蒲松龄的笔下真正得到了永恒的历史生命，获得了后世人的崇敬与景仰。赵起杲在《刻聊斋志异例言》中说"先生是书……其文则庄、列、班、马，而其义则窃取《春秋》微显志晦之旨，笔削予夺之权。可谓有功名教，无忝著述"，可称不刊之论。

当然，《聊斋志异》并不是传统意义上的史书，但这并不妨碍它具有更广泛意义上的史书的作用，对于封建社会的治理者而言，它是一部另类的"资治"之书，对于今天的读者而言，它是一部社会风俗史，对于我们了解那个时代的精神风貌，有着重要的意义和价值。

# 施于有政，是亦为政

受着儒家传统经世思想教育成长起来的蒲松龄是一个非常热衷于政治的人。他渴望建立一番功业："我有涪洼刀百炼，欲从河海斩长鲸"（《呈树百》），当他的朋友孙树百问及他可以仿效哪一位古人的时候，他写了一首诗作为答复："重门洞豁见中藏，意气轩轩更发扬。他日勋名上麟阁，风规雅似郭汾阳。"（《树百问余可仿古时何人，作此答之》）郭汾阳就是唐朝平定安史之乱的中兴名臣郭子仪。从这些诗歌中，都可以看出蒲松龄参与现实政治的热情以及对于自己政治才干的自负。

影响现实政治最为直接有效的途径当然是做官。对于生在寻常百姓家的蒲松龄，取得"官"的资格与地位的唯一的手段就是通过科举这道窄门。但是，众所周知，蒲松龄在科举的道路上历尽坎坷，自从弱冠掇芹后，便"三年复三年，所望尽虚悬"，最后以岁贡生终老林泉。"他日勋名上麟阁，风规雅似郭汾阳"的热望到头来终成画饼。

与普通八股文士不同的是，科举路断的蒲松龄并没有放弃自己的政治责任。在儒家看来，"为政"——参与政治——的手段、方式有很多，为官远不是"为政"的全部。《论语·为政》有这样一段话：

> 或谓孔子曰："子奚不为政？"子曰："《书》云：'孝乎惟孝，友于兄弟，施于有政。'是亦为政，奚其为为政？"

这就是说，在不能或者因为种种原因而不方便以做官的方式参与政治的情况下，对父母能够尽孝，对兄弟能够关爱有加，通过著述对于历史、现实进行褒贬，对政治有所影响，也是一种参与政治的方式。孔子本人的生平与经历为后人树立了效仿的榜样，他的言论，也成为后世像蒲松龄这样以道义自命的儒生以非官员身份参与、影响政治的理论依据。

如同许多前代学人所指出的，儒家政治学说的精核，首先是一个"推"字，所谓"物格而后知至，知至而后意诚，意诚而后心正，心正而后身修，身修而后家齐，家齐而后国治，国治而后天下平"是也。那么，什么是这"推"的根本呢？《论语·学而》曰："其为人也孝悌，而好犯上者，鲜矣；不好犯上，而好作乱者，未之有也。君子务本，本立而道生。孝悌也者，其为仁之本钦！"也就是说，为政的根本，就在"孝悌"两个字上。

按照儒家"推"的原则，如果要以孝悌正人，首先应该自正。只有自己对于孝悌的原则身体力行，才能说得上对于社会风气有所影响，最终起到"施于有政"的功用，这是"为政"的第一步。从蒲松龄所留下的生平材料来看，他自己的确是认真地将孝悌的原则贯穿在自己的全部生活当中的。蒲箬等《祭父文》说：

> 人非盛德，文虽美而不传，而我父之懿行，则又三代而下所仅见也。忆我大母病笃，昼夜皆叠枕暝坐，一转动便溺，皆我父自为提携，四十余日，衣不脱，目不一暝。每当深夜，灯昏烛暗之间时，我大母辄启眸而怃然曰："累尔哉！"盖我父之以孝谨闻，至今啧啧人口也。

又据蒲松龄自己所作的妻子刘氏的《行实》等材料看，在处理兄弟关系上，他处处忍让，顾全大局，充满友于之情。当他与几个兄弟年龄渐大，家族内部关系日见复杂，不得不分家的时候，几个兄长、嫂子在田产、房屋上挑肥拣瘦，占尽便宜，他却像个傻子一样听凭处置，最后只分得一块薄田与一间摇摇欲坠的场屋。即使是如此，他也丝毫没有因此而对两个兄长记恨在心，从他所留下的诗歌来看，他还是一如既往地惦念着自己的兄长们，而且这种亲情老而弥笃。

在自己真诚地信奉以至于身体力行这些儒家基本原则的基础上，蒲松龄也不遗余力地将这些原则推行到自己的身边。言传身教，使得自己的儿孙耳濡目染自不必言，只要精力所及，凡是对道德建设有所裨益的事情，蒲松龄总是以全部的精力投入。在他所留下的文集当中，有相当大的部分是这种文字。我们从题目就可以对这些文章的内容有所了解：《公门修行录》《家政内编》《家政外编》《贺文学宋公德佩彩堂孝妇序》《循良政要》……透过这些文字，我们看到了蒲松龄对于乡梓的热爱，看到了一个正统儒家知识分子对于世道人心的强烈关注和信念——不能从政，并不能放弃自己应有的政治责任。

蒲松龄虽然是以一个秀才的身份终老的，但由于他出众的才华和高尚亢直的人品，所以他的交游非常广泛，在地方上可以说是一个头面人物。从康熙十八年（1679），他就在曾经的知州毕际友家坐馆；从汪如龙开始，先后任淄川县令的官员都和他有诗歌唱和；从张石年开始，继任的县令都必定要去蒲松龄的家中去拜访；康熙二十六年（1687），蒲松龄与当时的文坛领袖、后来的刑部尚书王渔洋相识，此后两人诗歌唱和与书信来往不断；康熙三十三年（1694），山东按察使喻成龙（后任兵部尚书）邀请蒲松龄和孙子至济南作诗，并挽留他们在家中逗留数日……在与这些达官显贵交往的过程中，蒲松龄始终能够把持住应有的"度"，从来不用自己的事情麻烦那些做官的朋友，以一个纯粹的文人身份和他们往来盘桓。但这只是事情的一方面。在地方百姓生死攸关的情况下，他也会打破惯例，利用自己的交游和声望，为地方百姓做一些好事。最明显的例证是康熙四十九年（1710）他为驱逐蠹吏康利贞而上书王士禛、谭再生等一事。

淄川的漕粮早已是当地人的心腹之患。原先，淄川征收漕粮只征收正米，每石折合白银六钱。后来，杂费越来越多，到康熙四十七年（1708），每石已经涨到白银一两七钱。康熙四十八年（1709），康利贞任漕粮经承，竟然巧立名目，每石收银二两一钱，搞得当地百姓人人切齿痛恨。山东按察使了解到这种情况，于是免去了康利贞这项职务。人们刚松了一口气，不料康利贞辗转取得王士禛的支持，竟然又回到淄川，准备再度担任这一职务。这就势必会造成淄川百姓更大的灾难。在这种情况下，蒲松龄忍无可忍，终于拍案而起，为民请命，先后给县令吴堂、王士禛、谭再生去信，要求他们取消对于康利贞的支持。在给吴堂的信中，他写道："小民有尽之血力，纵可取盈，蠹吏无底之贪囊，何时填满？"在给王士禛的信中，他指出康利贞"旧年为漕粮经承，欺官害民，以肥私囊，遂使下邑贫民，皮骨皆空"，恳请他以自己的威势"谕吴公别加青目，勿使复司漕政"。当王士禛撤销对康利贞的支持，康利贞又别托门路，营窟于进士谭再生时，蒲松龄更穷追不舍，上书谭再生，劝他不要再给"想一噉人肉而不忘其美"的蠹吏以食民膏血的机会。凭着他的声望与影响，他终于制止了康利贞再次担任漕粮经承的机会，直接为地方做了一件德政。

一个人的精力总是有限的，乡里之外，就不是蒲松龄所能触及的了。蒲松龄的道义责任感，促使他采用文学的形式以使自己的主张得到更为广泛的传播。在他以自己毕生精力写成的《聊斋志异》中，这种劝人以教化的作品如《考城隍》《张诚》《青梅》等，占有相当的比重，原因就在这里。

除《聊斋志异》以外，蒲松龄还创作了大量的通俗杂曲。如果说在《聊斋志异》中这种劝人以教化的作品占了相当比重的话，那么，在通俗杂曲中这种内容的作品就占据了绝大的分量。如《墙头记》谴责了只顾土地钱财，不管父亲死活的儿子；《慈悲曲》赞扬了至诚相待、生死与共的兄弟；《姑妇曲》表彰了那种忍辱负重、不计前嫌的孝妇……这些作品的风格，一言以蔽之，曰"俚俗"而已。如《慈悲曲》中赵大姑借骂鸡之名讽刺李氏虐待丈夫前妻之子："有个鸡甚杂毛，啄得小鸡没处逃。今日杀它来待客，定要剁它一千刀，一千刀，上炉烧，要把科子着实嚼！"客观地说，其文学价值十分低下。那么，是什么使他放下了艺术的尺度，将宝贵的艺术才华花费在通俗鄙俚的杂曲之中呢？是他的教化立场。为了使更多不具有欣赏高雅文化能力与兴趣的人也能从中受到教益，他就不得不降低自己作品欣赏的难度。他的长子在为他写的《行述》中谈及这些通俗杂曲的写作时说：

> 如《志异》八卷，渔搜闻见，抒写襟怀，积数年而成，总以为学士大夫之针砭，而犹恨不如晨钟暮鼓，可参破村庸之迷，而大醒市娼之梦也，又演为通俗杂曲，使街衢里巷之中，见者歌，闻者亦泣，其救世婆心，直将使男子之雅者、俗者，女子之悍者、妒者，尽举而匋于一编中。呜呼！意良苦矣！

杜甫的名句"致君尧舜上，再使风俗淳"可以说是写尽了儒家知识分子的政治情怀。对于像蒲松龄这样的终生不遇的人来说，前面一个理想如镜花水月，可望而不可即，但后面的理想却是在小范围内可以实行的，也是可能影响政治的最为现实的手段。在宣扬教化、匡正社会风气方面，蒲松龄尽到了一个儒者的责任。

综观蒲松龄的一生，虽然没有做过一天的官员，但是，这并没有使他因此放弃自己的政治与道义责任。对于蒲松龄这种关怀政治、辅弼教化的热情，时贤往往或一笔带过，或认为表现了蒲松龄思想中落后保守的一面而予以指责。这种态度是有失公允的。任何一个社会，都必须有一套社会大多数成员都可以接受的准则，否则这个社会就会因为标准混乱而使得"民无所措手足"。在蒲松龄的时代，儒家所推崇的诸如"孝""悌"等道德准则正是维系当时世道人心的共同规范。人性往往好奇，"温柔敦厚"的东西往往因为太平常而缺乏吸引力，人们的目光往往落在那些惊世骇俗的人与事上。举例而言，人们对于吴敬梓在短短几年中荡尽数万金的关注就远远超过蒲松龄一生为维护世道人心所做的孜孜不断的努力。殊不知，儒家学说为其他学说所不及正在于它的"极高明而道中庸"。孔子对于那些特立独行之士虽不乏赏鉴，但是自己却明确表示"索引行怪，后世有述焉，吾不为之矣"，原因就是这些行动不足以成为世法而为多数人所遵循。人类固然需要少数破坏性的天才，但破坏并不是也不应该成为社会的常态。在一般状况下，我们更需要正面的建设而不是反面的破坏。在这个意义上，蒲松龄的某些主张虽带着时代的印记而显得保守甚至迂腐，但就根本精神而言，他对于现实政治的关注精神，"位卑未敢忘忧国"的社会责任感，以道义自持的崇高人格，都值得后世永远景仰。

# 后　记

　　少年时深为《聊斋志异》所吸引，全然在于它丰富的想象。彼时还处在"泛神论"的阶段，分不清想象和真实的差别，于是就误把想象当作了真实。我现在还清楚地记得，那时是如何地对剪纸成月亮的道士充满了崇拜之情，竟至于真切地萌发了学道的愿望；如何地对美丽温柔的花妖狐媚充满遐想，竟至于对动物园里的狐狸也想入非非。

　　后来就进入了大学的中文系。有耳无心地听了很多高头讲章，于是便以为掌握了《聊斋志异》的真谛，与引车卖浆者之读《聊斋志异》，自是颇为不同。现在想起来，那正是青原惟信所谓因"亲见知识，有个入处"而"见山不是山，见水不是水"的阶段了。

　　再后来，我又上了很多年的学，也读了更多的书。我终于学会了"姑妄言之姑妄听"的态度，明白了经典原来也是人写的，而且往往越是伟大的作品，越集中了作者最私密的感情，说的往往更是难以对人明白言说的东西。唯其如此，写作既是一种敞开，又是一种遮蔽。《聊斋志异》也不例外。人只能以一种状态生活，而对自己适合以什么样的状态生活，人们并不是一开始就有一个清晰的判断的。以聊斋而论，他早年时也曾结社赋诗，饮酒狎妓，甚至在做幕宾时还胆大到勾引东家的姬妾，开口说话往往口无遮拦，动辄以古代名臣自比。如果他少年得志的话，蒲松龄很可能会把这些狂侠习气带入成年的。但是，他不幸名场落拓，纵然有天大的才情抱负，所谓"一落孙山之外，则文章之处处皆疵"啊，一个落魄的穷秀才，讲什么才华，讲什么多情，在现实生活中都难免会成为人们的笑柄。正因为如此，在生活中受到一系列挫折的蒲松龄终于发生了深刻的变化。他注意自己的言行，不随便开玩笑，热心地方道德建设，过着安贫守拙的苜蓿生涯。从一生的轨迹来看，他是越到晚年，越是自觉地向儒家的正统回归。他是以"盛德"之名而终老的。但人是复杂的，后来的变化并不全然意味着对往昔的鄙弃。他在"夜深忽梦少年事"的时候，并非后悔，而是怀着一种刻骨铭心的追忆。这从笼罩在《聊斋志异》上的那种感伤怅惘之情可以明白看出。对自己才华的确信，对短暂的风流生涯的追忆，都倾注笔下，动情而委屈地对一代又一代的读者娓娓地倾诉着。

当初我最不喜欢《聊斋志异》中的教化文字。但随着生命渐渐长成，读书并不全然出于爱好；也随着对《聊斋志异》的一读再读，以至于名篇非名篇的界限在我心中日渐模糊；更因为对蒲松龄的了解从一部《聊斋志异》拓展到了他的方方面面，我终于以一种几乎无等差的眼光来看待《聊斋志异》的全部篇章。这时，在这一部分文字中我读出的就是一个儒者的赤诚了。在中国这样一个公共道德感普遍缺乏的国家，蒲松龄认真地遵循着社会道德的规定，自正正人，热心教化，其许多具体主张现在看来或许迂腐，但其中所流露出来的诚笃热心却着实令人感动。并且，越是到后来，这种诚笃热心的品格就越是对我产生了莫大的引力——在这个问题上，李贽的看法对我有过深刻的影响。他在谈到与黄安的两位朋友的交情时说，这个世界上真正的聪明人很少，他曾无数次地被别人的聪明之名所吸引而与其交往，到后来往往发现他们并非真聪明；不但不聪明，反而有许多令人鄙弃的品性。所以，日久弥醇的不是那种"以聪明交"，而是以"诚笃交"的友谊——如果确有"与古人为友"这件事，那么我要说，蒲松龄就是那种最值得交往的朋友：他不但有吸引你走近他的真聪明，更有时时让你感到温暖的赤诚。

书稿完成，在感到轻松的同时，也感到深切的不安。因为我知道，读书人常犯的一件毛病，就是会爱上他的研究对象，其结果就是所谓"情人眼里出西施"，"横看成岭侧成峰，远近高低各不同"，最后弄得"不识庐山真面目"起来。对于《聊斋志异》，我深怕自己也会如此，所以常提醒自己保持一点距离，以便做到态度客观，但究竟做到没有，还要请读者与方家明断。

　　向这套丛书的编辑表示由衷的谢意。感谢他们给笔者提供了这样一个与同好共聊聊斋的机会。